Liés pour Noël

ELLIE DARKINS

Liés pour Noël

Traduction française de
VIRGINIE CANTIN

AZUR

HARLEQUIN

Collection : Azur

Titre original :
PRINCE'S CHRISTMAS BABY SURPRISE

HARPERCOLLINS FRANCE
83-85, boulevard Vincent-Auriol, 75646 PARIS CEDEX 13
Service Clients — www.harlequin.fr
ISBN 978-2-2805-0527-7 — ISSN 0993-4448

Édité par HarperCollins France.
Composition et mise en pages Nord Compo.
Imprimé en octobre 2024 par CPI Black Print (Barcelone)
en utilisant 100% d'électricité renouvelable.
Dépôt légal : novembre 2024.

MIXTE
Papier issu de sources responsables
FSC® C159065
FSC www.fsc.org

Pour limiter l'empreinte environnementale de ses livres, HarperCollins France s'engage à n'utiliser que du papier fabriqué à partir de bois provenant de forêts gérées durablement et de manière responsable.

1

Si on lui avait dit qu'en acceptant d'être le témoin de mariage de son ancien camarade d'université, il se retrouverait dans une boutique de fleuriste moins d'une heure après l'atterrissage de son avion à New York, Gio aurait peut-être réfléchi à deux fois avant de donner son accord.

Il croisa le regard de la fleuriste et étouffa un bâillement en suivant son ami Sebastian, sa fiancée, Ivy, ainsi qu'Alexandra, leur *wedding-planner*, dans l'atelier glacial où ils devaient donner leur avis sur les compositions proposées pour la cérémonie. Il jeta un coup d'œil aux arrangements que la fleuriste avait préparés pour eux et dut bien admettre qu'ils étaient impressionnants. Il ne connaissait rien aux fleurs, mais celles-ci étaient artistiquement disposées, et n'auraient pas détonné aux côtés des tableaux de maîtres hollandais qui ornaient les murs du palais d'Adria. Et, à en juger par leurs mines ébahies, les futurs mariés étaient aussi impressionnés que lui.

Comme la fleuriste s'adressait à eux, il tenta de capter à nouveau son regard, mais elle était entièrement concentrée sur ses clients et il put l'observer tout à son aise. Elle était jolie. Très jolie. Elle mesurait une tête de moins que lui, et ses cheveux souples coupés au carré soulignaient ses traits fins de lutin et son menton pointu. Son corps svelte aux formes harmonieuses lui donnait envie de la prendre et de la glisser dans sa poche, et quelque chose dans l'expression déterminée de son visage, tandis qu'Alexandra l'interrogeait sur les détails de la livraison, lui disait qu'elle se débattrait s'il s'avisait de le faire. Intéressant...

Il essaya de se concentrer sur ce qu'elle disait, mais il savait que la bataille était perdue d'avance. Il était épuisé. Le décalage horaire entre Adria et New York l'avait tenu éveillé une bonne partie de la nuit, et il n'avait eu que le temps de se précipiter sous la douche lorsque Sebastian avait frappé à sa porte, quelques instants seulement après son arrivée. Sebastian avait insisté pour que Gio soit au courant de tous les détails afin qu'il puisse intervenir en cas de problème le jour J. Il doutait qu'il y en ait, car la *wedding-planner* était redoutablement efficace. Mais mieux valait prévenir que guérir...

Sa mère serait horrifiée si elle le voyait en ce moment, avec sa chemise froissée et sa barbe de trois jours, et s'empresserait sans doute de lui rappeler qu'en tant que prince héritier d'Adria, il se devait de représenter dignement leur minuscule nation dans le monde entier. Ce qui ne faisait qu'attiser son envie de désobéir en agissant comme un adolescent, juste pour la contrarier.

Il n'avait pas demandé à être prince héritier. Personne ne choisissait d'avoir son destin tout tracé dès le jour de sa naissance : l'endroit où il vivrait, ce qu'il ferait chaque jour de sa vie... et qui il épouserait.

Il regarda Ivy et Sebastian, tous deux rayonnants de bonheur à la perspective d'unir bientôt leurs destinées. Le mariage aurait lieu dans un peu plus de dix semaines, mais ils ne parlaient que de ça depuis qu'il était arrivé. En se rappelant les visages pincés de ses parents sur leurs photos de mariage, Gio songea avec amertume à cette union, planifiée pour sceller le rapprochement de deux familles régnantes plutôt que le bonheur des futurs époux, et ne put retenir un frisson à l'idée de subir bientôt le même sort...

Il essaya de chasser ses craintes car jusqu'à présent, il avait réussi sans peine à repousser toutes les suggestions de ses parents qui l'exhortaient à se marier. Après tout, ni l'un ni l'autre n'était vraiment ravi de son propre mariage, et peut-être nourrissaient-ils le secret espoir de protéger leur aîné le plus longtemps possible. Mais il savait que cela ne pourrait pas durer éternellement. Un jour ou l'autre, il devrait convoler, et ce ne serait pas lui qui choisirait l'heureuse élue. Le mieux qu'il puisse espérer, c'était de ne pas détester sa compagne. Ses parents, eux, en étaient venus à se haïr, hélas...

De nouveau, il se tourna vers la fleuriste. Était-elle le genre de femmes qu'il épouserait s'il avait le choix ? Il tenta de s'imaginer un avenir où il aurait la liberté de faire ce qu'il voulait, avec *qui* il voulait et à son grand dam, il s'aperçut qu'il n'y parvenait pas. Il avait passé tant de temps à se résigner à un mariage arrangé qu'il n'arrivait à pas à envisager un autre scenario !

Ce constat suscita en lui une étrange réaction et, bien

qu'il tentât de le combattre, un bâillement lui échappa, attirant l'attention de tout le monde dans la pièce.

— Je suis vraiment désolé, mademoiselle...

— Madame, corrigea-t-elle. Thomas. Hailey Thomas.

— Je suis vraiment désolé, madame Thomas, répéta-t-il. Je suis en plein décalage horaire, et cela n'a rien à voir avec vos...

Il dut réfléchir un moment pour trouver le mot juste en anglais, une langue qu'il parlait pourtant tous les jours depuis qu'il était entré dans un internat, au Royaume-Uni, à l'âge de onze ans.

— ... créations, acheva-t-il d'un ton morne.

— Vous adorez mon travail, à ce que je vois !

Les mains posées sur les hanches, elle esquissa un sourire compatissant, et il en conclut qu'elle ne manquait pas d'humour.

— C'est magnifique, s'empressa-t-il d'ajouter, en admirant les bouquets posés sur la table, devant lui.

Il n'y connaissait pas grand-chose, mais il appréciait néanmoins l'originalité de ces compositions.

— Merci, dit-elle simplement.

En la voyant se retourner vers Ivy, Sebastian et Alexandra pour poursuivre la conversation, il se considéra comme congédié. Il resta donc en retrait et ne quitta pas des yeux Mme Thomas tandis qu'elle leur présentait différentes options, esquissant de temps à autre un croquis sur son bloc-notes et écoutant attentivement les commentaires du couple.

S'il allait se coucher maintenant, songea Gio, il aurait une petite chance de dormir jusqu'au lendemain matin et de se réveiller en forme. Mais s'il restait ici à écouter Mme Thomas débiter des noms de fleurs en latin, eh bien...

Tout à coup, il se rendit compte que la réunion tirait à sa fin et s'entendit dire, un peu plus fort qu'il ne l'aurait souhaité.

— Madame Thomas...

Quatre paires d'yeux se braquèrent sur lui, et celle à qui il s'adressait se contenta de hausser les sourcils.

— Je me demandais si vous accepteriez de dîner avec moi ce soir, ajouta-t-il. Je souhaite me faire pardonner mon manque de savoir-vivre.

Elle le jaugea un instant du regard, puis lança :

— Vous ne préférez pas aller vous coucher ?

L'espace d'un instant, un silence gêné se fit dans la pièce, suivi par un brouhaha de voix mêlées :

— Bien sûr, j'y ai pensé aussi, mais...

— Gio ! s'écria Seb.

Hailey, elle, se mit à bégayer :

— Euh.. Je voulais dire...

Après une brève pause, elle reprit d'un ton professionnel :

— Merci, j'en serais ravie.

Elle tourna les talons pour s'adresser aux futurs mariés.

— Madame Jenkins, monsieur Davis, ce fut un plaisir... Alexandra, n'hésitez pas à me faire savoir si vous avez d'autres questions. Sinon, nous nous verrons la veille du grand jour.

Enfin, elle se tourna vers lui.

— Monsieur... Votre Altesse...

Il la coupa.

— Appelez-moi Gio, dit-il, désireux d'en finir avec les formalités.

— Très bien, Gio. Retrouvons-nous dans le hall de votre hôtel à 20 heures, d'accord ?

Il acquiesça.

— Je suis descendu au Ritz-Carlton.

Sur ces mots, Hailey Thomas quitta la pièce.

2

Venait-elle vraiment d'accepter son invitation ? Allait-elle vraiment dîner avec un prince ? En public, bien sûr, parce qu'il était hors de question qu'elle le rencontre en privé après s'être ainsi ridiculisée devant ses clients…

Cela serait un cauchemar, et ne ferait qu'empirer les choses… si toutefois c'était possible. Elle lui avait tout de même fait des avances, alors même qu'elle ne le connaissait que depuis quelques minutes ! Et même s'il s'agissait d'un accident, elle aurait bien du mal à rattraper ce dérapage.

Mais s'agissait-il vraiment de cela ? Même si elle n'avait évidemment pas eu l'intention de suggérer qu'ils couchent ensemble devant ses clients – et amis – elle mentirait en prétendant que l'idée ne lui avait pas effleuré l'esprit. Son inconscient avait fait le reste, et ces paroles regrettables lui avaient malencontreusement échappé. Quelle aurait été sa réaction si elle lui avait *réellement* fait une proposition ? S'ils avaient été seuls dans cette pièce, par exemple ?

Elle secoua la tête. Cela n'aurait pas pu se produire et ne se produirait jamais. Elle n'avait pas l'habitude de se comporter ainsi, qui plus est avec de parfaits inconnus, et elle n'allait pas commencer maintenant ! Il ne fallait pas être grand clerc pour comprendre que cela ne pouvait mener qu'à des complications, or elle avait eu son lot de complications, ces derniers temps, et c'était la dernière chose dont elle avait besoin !

Mais ce n'était qu'un dîner, après tout, songea-t-elle. Tout ce qu'elle avait à faire, c'était de prendre un repas en sa compagnie, d'accepter ses excuses, et ce serait tout. Elle n'aurait plus jamais à le revoir, à moins qu'il ne vienne lui demander des précisions sur la disposition des bouquets le jour du mariage, ce qui, visiblement, ne figurerait pas parmi ses priorités.

Elle entra dans le hall de l'hôtel à 20 h 15, car elle ne voulait surtout pas être en avance. Si Gio ne se présentait pas, elle ferait simplement demi-tour et repartirait. Elle ne lui donnerait qu'une seule chance, et au cours des dernières heures, elle avait même songé à ne lui en laisser aucune. Elle aurait annulé s'il n'avait pas été un ami de ses clients. Cette commande serait un tremplin pour sa carrière, et elle ne voulait pas risquer de contrarier les mariés en posant un lapin à leur témoin.

Mais il était là, bien sûr. En le voyant, elle ressentit un trouble étrange et le soupçonna aussitôt de l'avoir perçu. C'était délibéré de sa part, elle en était sûre, même si elle ne pouvait pas expliquer *pourquoi*. Personne ne pouvait lui faire un tel effet par sa simple présence…

Quand il la repéra et s'avança vers elle, elle s'efforça de ne pas interpréter la lueur qu'elle vit dans ses yeux. Car il n'y avait rien à interpréter. Ce dîner était exactement ce qu'il avait annoncé : une formalité pour excuser son manque de savoir-vivre. Elle ne l'intéressait pas, comme l'avait d'ailleurs montré l'embarras qui avait suivi sa... gaffe, tout à l'heure.

Gio était un prince héritier et elle n'appartenait pas plus à son monde qu'il n'appartenait au sien, celui des marchés aux fleurs nocturnes et des mains gercées par l'eau froide et le maniement du sécateur. Avec Ivy et Sebastian, sa place et son rôle étaient clairs : elle était leur employée. Un simple « fournisseur », et elle n'avait aucun problème avec ça. Mais cet incident inattendu avait bouleversé les choses, or, elle détestait le sentiment d'insécurité qui ne l'avait pas quittée depuis la fin de cette réunion. Un sentiment qu'elle avait voulu fuir en quittant la banlieue ouest de Londres pour aller tenter sa chance à New York...

Car, étrangement, si loin de chez elle, elle savait qu'il était normal de ne pas se sentir à sa place. Après une enfance passée à être ballottée d'une famille d'accueil à l'autre, elle avait tenté à chaque fois de s'intégrer, de créer un sentiment d'appartenance. Elle souriait et s'efforçait d'être gentille. Mais, en plus de l'épuiser, cela ne fonctionnait jamais, si bien que lorsqu'un couple aimant avait fini par l'adopter, elle avait cessé d'y croire. En l'abandonnant, ses parents biologiques l'avaient privée de la possibilité de nouer des liens forts dans la vie.

Son arrivée à New York avait été un vrai soulagement. Ici, elle n'avait plus besoin de faire semblant. Dans ce gigantesque melting-pot qui servait de refuge à tous les esseulés du monde, elle pouvait simplement être elle-même sans avoir à se justifier. Elle avait entamé des études d'histoire de l'art, et c'est en occupant un job à temps partiel qu'elle avait découvert son talent pour l'art floral. En la personne de son ex-patronne, Gracie, dont elle avait par la suite racheté l'entreprise, elle avait trouvé une amie très chère, ainsi qu'une mère de substitution.

Gio lui offrit un sourire éblouissant et l'accueillit en l'embrassant sur les deux joues.

— Vous êtes venue...

Elle haussa les sourcils.

— C'était l'idée, non ? ironisa-t-elle avant de reculer d'un demi-pas.

Elle devait préserver son espace personnel, car elle ne voulait pas penser à l'effet qu'aurait sur elle la proximité de Gio.

— Je suis heureux de vous voir, dit-il. J'ai réservé une table au restaurant de l'hôtel. J'espère que cela vous convient.

Un dîner au Ritz-Carlton en compagnie du prince charmant ? Oui, cela lui convenait tout à fait.

Il lui tendit le bras et elle l'accepta, momentanément étourdie par le sentiment d'entrer dans la vie de quelqu'un d'autre. Un sentiment qu'elle chassa aussitôt, comme elle l'avait fait tant de fois auparavant.

— Les compositions que vous nous avez présentées cet après-midi étaient très belles, commença Gio lorsqu'ils furent assis.

Elle ne put s'empêcher de hausser légèrement les épaules et, hélas, il s'en aperçut.

— Vous ne me croyez pas sincère ? demanda-t-il dans un sourire.

— Oh ! je pense que vous avez clairement exprimé votre opinion, tout à l'heure.

— Ah, oui. Le bâillement...

Devant sa mine déconfite, elle sourit à son tour.

— Mais comment pourrais-je être fâchée, puisque pour vous excuser, vous me faites l'honneur de votre compagnie ?

Il plongea ses yeux dans les siens.

— Pourquoi chaque mot que vous prononcez me donne-t-il l'impression que vous voulez dire exactement le contraire ? demanda-t-il tandis qu'un serveur arrivait avec une bouteille de champagne et leur versait deux coupes.

Elle réprima un sourire. La soirée s'annonçait plus agréable qu'elle ne l'avait imaginé, et elle devrait rester sur ses gardes. Le prince Giovanni d'Adria, en plus d'être très séduisant, avait le don de la faire rire. N'était-ce pas là une combinaison dangereuse ?

— Eh bien, si on ne peut pas parler de votre travail...

— ... et que vous-même ne travaillez pas, coupa Hailey sans réfléchir, alors qu'elle déchiffrait le menu.

Elle leva des yeux horrifiés dès qu'elle se rendit compte qu'elle venait de faire une nouvelle gaffe, mais Gio se contenta de lui sourire de plus belle. Un sourire qui faisait se plisser le coin de ses yeux et apparaître une légère fossette, sur sa joue.

C'est à cet instant qu'elle comprit qu'elle était dans le pétrin.

Gio avait mal aux joues. C'était certes une manière étrange d'évaluer le succès d'un rendez-vous, mais il s'y fiait le plus souvent. Deux heures après le début du dîner avec Hailey Thomas, il se réjouissait de chaque instant passé en sa compagnie. Tout l'amusait, chez elle. Ce qu'elle disait, tout simplement, mais surtout ses tentatives répétées pour l'agacer, pour le prendre en défaut. Cela avait été le cas pendant la première demi-heure environ, jusqu'à ce qu'elle comprenne qu'il était inutile de persister dans cette voie.

Après avoir épuisé les sujets de conversation sur le mariage d'Ivy et Sebastian, elle avait semblé réticente à l'idée de parler de sa vie. Il avait donc répondu à ses questions sur Adria, lui parlant de ses lacs étincelants en été et de ses stations de ski en hiver, lui racontant ses mois de décembre qu'il passait dans son chalet à la montagne à faire du ski, avant de retourner au palais pour Noël. Il lui a raconté comment son père s'était battu pour préserver l'indépendance de son petit pays. Il lui avait ensuite demandé ce qu'il devait voir pendant son séjour à New York, et elle lui avait donné des noms de parcs et de galeries dont il n'avait jamais entendu parler.

Entre eux, tout lui avait semblé si *facile*, si naturel, qu'il avait pu se laisser aller à faire semblant l'espace d'un instant. Faire semblant de tomber amoureux d'Hailey en toute liberté. Sans que quiconque au palais ou dans tout le royaume d'Adria se soucie de savoir si ce dîner était une bonne ou une mauvaise chose.

Car ses sentiments, son avis passaient toujours après les exigences de sa famille. Après les obligations dues à son rang. Ses parents choisiraient une épouse qui assoirait l'influence d'Adria en Europe, et le mieux qu'il puisse espérer était de ne pas la détester dès le premier regard. Pourvu qu'il soit plus heureux que ses parents, qui, aussi loin qu'il s'en souvienne, n'avaient jamais éprouvé l'un pour l'autre qu'une indifférence mêlée de mépris.

Il secoua la tête afin de chasser les mauvais souvenirs qui affluaient à son esprit. Non. Pour l'instant, il ne voulait s'intéresser qu'à Hailey, et à leur bonne entente. Rien que pour ce soir.

Elle lui lançait des regards à la dérobée. Des regards curieux, *intéressés*, quand elle croyait qu'il ne regardait pas. D'un simple battement de cils, elle faisait battre son cœur plus vite. Incroyable !

Pris d'une impulsion soudaine, il se pencha en avant, posa ses coudes sur le bord de la table et suivit le mouvement de ses mains tandis qu'elle lui racontait sa première visite dans un marché aux fleurs.

Elle utilisa au moins une douzaine de mots qu'il n'avait jamais entendus auparavant. Puis d'autres suivirent, en latin cette fois, mais il ne lui demanda pas ce qu'ils signifiaient, trop occupé à suivre la courbe de ses lèvres pulpeuses tandis qu'elle les prononçait. Il s'imaginait en train d'essayer de lui faire perdre ses moyens en l'embrassant. Elle lutterait avec acharnement pour garder la tête froide, pour ne pas perdre le contrôle et s'abandonner au plaisir. Elle résisterait par principe, et il savourerait chaque signe de reddition jusqu'à ce qu'elle cède à son désir impérieux...

Il se rendit compte qu'il avait perdu le fil de la conversation lorsqu'elle se racla la gorge.

— Je vous ennuie ? demanda-t-elle d'un ton de défi. Encore ?

— Pas du tout ! J'étais distrait, c'est tout.

— Par quoi ? insista Hailey, alors même que son expression suggérait qu'elle savait exactement la direction qu'avaient prise ses pensées.

— Par vous.

— Ah !

Désarçonnée, elle le fixa un instant, semblant évaluer les différentes options qui s'offraient à elle, tandis qu'il se sentait soudain rougir comme un collégien pris en faute.

— Te distraire me plaît assez, osa-t-elle alors avant de s'adosser à sa chaise et de prendre une gorgée de vin, sans le quitter du regard.

S'il avait noté ce passage au tutoiement, il n'en laissa rien paraître, et l'adopta à son tour.

— Et moi, ça me plaît quand tu me regardes comme ça, murmura-t-il.

Son regard le mettait à nu, et il eut soudain l'impression qu'elle devinait tous ses secrets. S'il la laissait entrer dans sa vie, il ne pourrait sûrement rien lui cacher. Mais, Dieu merci, il savait d'ores et déjà qu'il ne pourrait pas lui accorder plus qu'une nuit. Si elle le voulait aussi.

— Tu veux... qu'on monte dans ta chambre ? demanda-t-elle.

Il était sans aucun doute l'homme le plus séduisant qu'elle ait vu de sa vie. Elle l'avait remarqué l'après-midi même, alors qu'il venait de sortir de l'avion et n'était pourtant pas à son avantage. Mais ce soir, rasé de frais, avec sa belle chemise et sa mèche de cheveux qui lui tombait sur le front, il était d'une beauté ravageuse. Et il la regardait comme si elle était la huitième merveille du monde.

Avec lui, elle pouvait jouer à la princesse de conte de fées, juste pour une nuit... Et Gio, quant à lui, pouvait s'offrir une aventure avec une simple vendeuse de fleurs, une femme comme il n'avait sans doute pas l'habitude d'en fréquenter. Pourquoi ne pas céder à l'élan qui les poussait l'un vers l'autre, après tout ?

Comme il ne lui répondait pas, elle sentit le doute l'envahir et baissa les yeux, confuse. Avait-elle mal interprété la situation, et ne voulait-il pas d'elle ?

Mais il se leva brusquement, et prononça un « oui » franc et massif.

Elle sourit.

— Je ne voulais pas dire tout de suite.

Mais il lui tendit la main.

— Et pourquoi pas ?

Hailey dut reconnaître qu'il avait marqué un point.

Elle posa calmement son verre de vin, repoussa sa chaise et se leva à son tour.

Il faisait encore nuit lorsque Hailey se réveilla dans les bras de Gio. Elle mourait d'envie de paresser sous les couvertures avec lui, avant de lui dire adieu, mais elle devait être à son atelier à 7 heures pour une livraison de fleurs, et il n'était pas question de manquer à l'appel. Elle s'était juré d'être le genre de patronnes qui soutenait ses équipes et savait se retrousser les manches pour accomplir les tâches les plus ingrates.

Gio sortit du sommeil alors qu'elle s'habillait à la hâte, cherchant ses vêtements éparpillés dans la suite.

— Tu t'en vas ? demanda-t-il d'une voix rauque en s'adossant aux oreillers moelleux.

Dans un sourire, Hailey s'approcha du lit, où il l'attira près de lui, et laissa échapper un langoureux soupir lorsqu'il glissa les mains dans ses cheveux et déposa un doux baiser sur ses lèvres.

— Bonjour, dit-elle entre deux baisers. Désolée, je ne voulais pas te réveiller. Je dois aller travailler.

— Je ne vois pas d'inconvénient à ce que tu me réveilles ainsi, susurra Gio, ses mains remontant le long de ses cuisses. Elle sourit, ne sachant pas si elle devait se réjouir ou non de ne jamais le revoir, après la nuit merveilleuse qu'ils avaient passée.

— Mmm, dit-elle en s'écartant de nouveau de lui, je vais finir par être en retard...

Elle jeta un coup d'œil à sa montre.

— Il faut que je rentre chez moi pour me changer, ajouta-t-elle en remontant la fermeture Éclair de la robe noire qu'elle avait portée pour le dîner, la veille.

Gio saisit sa chemise étalée au sol et la lui tendit.

— Si je te la prête, tu restes un peu ? demanda-t-il.

Hailey leva les yeux au ciel, mais prit la chemise qu'elle passa, avant de rouler les manches.

— Trouve-moi quelque chose de chaud à mettre par-dessus et tu gagneras vingt minutes ! lança-t-elle alors qu'il lui volait un baiser.

Bien décidé à relever le défi, Gio disparut dans le dressing.

— Qu'est-ce que tu fais ?

Elle s'apprêtait à lui demander de revenir afin de profiter des précieuses minutes qu'il leur restait à passer ensemble lorsqu'il sortit de l'armoire avec un pull bleu qui semblait si doux qu'il devait être en cachemire. Elle hésita un instant avant de le prendre. Une chemise volée, c'était une chose, mais ça… Ça ressemblait à un cadeau. Un peu trop intime.

Tout à coup, Gio fit glisser le pull sur sa tête et l'obligea à passer les bras dans les manches. Le vêtement qui lui arrivait à mi-cuisse faisait une robe-pull du meilleur effet ! Il était doux comme un nuage, et elle songea que c'était sans doute le vêtement le plus luxueux qu'elle ait jamais porté.

L'espace d'un instant, elle se prit à espérer que ce matin ensoleillé, avec cet homme merveilleux aux joues couvertes d'un léger chaume, marque le début d'une histoire. Elle pourrait lui promettre de lui rendre son pull le soir même – le prétexte parfait pour le revoir ?

Elle secoua la tête. Non ! Elle ne pouvait absolument pas faire cela. Ils n'étaient pas du même monde, et si elle croyait que cela pourrait changer un jour, elle se faisait des illusions !

D'un doigt posé sous son menton, Gio la força à le regarder.

— Considère ça comme un cadeau, dit-il. De toute façon, il te va mieux qu'à moi…

Sans le quitter du regard, elle répliqua :

— Très bien ! Tu as vingt minutes. Que vas-tu en faire ?

3

Après tout, c'était normal de se sentir gênée, songea Hailey devant la porte de la suite de Gio, deux mois plus tard. Elle avait déjà dû envoyer un texto à Alexandra, l'organisatrice du mariage de Sebastian et Ivy, pour demander si Gio logeait dans le même hôtel que la dernière fois qu'il était venu en ville.

Allons, ça ne pouvait pas être si terrible ! se dit-elle. Après tout, ils s'étaient quittés en très bons termes, même s'ils avaient délibérément oublié d'échanger leurs numéros de téléphone...

Ils ne se seraient pas revus, sauf éventuellement dans un cadre professionnel, si elle n'avait pas eu une nouvelle importante à partager avec lui. Le mariage aurait lieu dans trois jours, et elle ignorait s'il comptait rester en ville après la cérémonie. Il fallait à tout prix qu'elle lui parle en personne, avant qu'il ne disparaisse à jamais...

Elle leva la main et frappa avant de pouvoir changer d'avis. En attendant qu'il vienne ouvrir, elle tenta de s'imaginer l'expression de surprise, sur son visage. Il était tellement évident pour eux deux que la nuit qu'ils avaient passée ensemble ne connaîtrait pas de lendemain qu'ils n'avaient même pas eu besoin de le dire. Et voici qu'elle se présentait sur le pas de sa porte avec une nouvelle qui allait changer sa vie… d'une manière ou d'une autre !

Elle était encore sous le choc et pourtant, dix jours seulement s'étaient écoulés depuis qu'elle avait fait le test de grossesse, après avoir constaté, stupéfaite, qu'elle n'avait pas eu ses règles depuis près de huit semaines ! Trop accaparée par son travail et les préparatifs du mariage d'Ivy et Sebastian, elle n'y avait pas prêté attention !

Elle s'était préparée à cette conversation, et au fait que Gio prendrait mal cette nouvelle. Mais que ferait-elle s'il n'était pas là ? Si quelqu'un d'autre ouvrait la porte, par exemple ? Il n'était peut-être pas seul…

Avant qu'elle ait le temps de réfléchir à cette question, il ouvrit la porte à la volée, et elle se retrouva deux mois en arrière. Cette fois, il n'était pas en décalage horaire, mais il sortait visiblement du lit. Avec ses pieds nus et ses cheveux en bataille, il était si craquant qu'elle résista à l'envie de tendre la main vers lui.

Mais elle se retint. Cette situation allait être suffisamment difficile à gérer comme ça, alors autant éviter que le désir s'en mêle. Rien n'avait changé entre eux, se répéta-t-elle, à part le fait qu'ils allaient avoir un enfant ensemble.

Les yeux de Gio s'écarquillèrent.

— Hailey ? Qu'est-ce que tu… ?

Il sembla soudain se souvenir de ses manières impeccables et se redressa avant de s'effacer en lui faisant signe d'entrer.

— Entre, je t'en prie ! C'est une agréable surprise, dit-il avec un sourire poli.

Il pensait manifestement qu'elle était là pour reprendre là où ils s'étaient arrêtés, ce qui l'offensa.

— Quel bon vent t'amène ?

Elle se retourna pour le regarder. Il se tenait là, près de la porte, et ne se doutait pas qu'elle s'apprêtait à lâcher une bombe. Il pensait sans doute qu'elle n'avait pas bien compris le message, la dernière fois, et espérait que leur histoire pourrait avoir une suite...

Justement, il la regardait comme s'il se préparait à devoir mettre les choses au point, lui expliquer, en quelque sorte.

Elle avait prévu de le ménager, pas d'avoir à supporter son regard de pitié ! Alors, sans préambule, elle déclara :

— Je suis enceinte, Gio.

Il se raidit tout à coup, comme si un magicien l'avait transformé en statue de sel.

— Tu es enceinte ? répéta-t-il, et elle hocha la tête, lui laissant un moment pour assimiler la nouvelle.

— De moi ?

La question était justifiée, décida-t-elle. Après tout, il la connaissait à peine, et il n'avait aucune raison de savoir qu'il était le seul homme avec qui elle avait couché au cours des six derniers mois.

— Oui, répondit-elle.

— Je crois que... je vais aller m'asseoir, balbutia Gio, aussi choqué qu'elle s'y attendait.

Elle le suivit dans le salon et s'installa sur un canapé, attendant qu'il prenne la parole.

— C'est une surprise, finit-il par prononcer.

Elle ne put retenir un rire nerveux.

— Pour moi aussi, renchérit-elle et, pour la première fois, elle vit un sourire se dessiner au coin de ses lèvres.

— Depuis quand le sais-tu ? demanda-t-il.

— Environ une semaine. J'aurais voulu t'appeler, mais je n'avais pas ton numéro.

— Je comprends. C'est le genre de nouvelles que l'on préfère annoncer en personne.

En le voyant hocher la tête, visiblement perdu, elle se demanda s'il comprenait vraiment.

— Merci d'être venue, poursuivit-il. Je suppose que tu veux...

Elle l'interrompit, soucieuse de dissiper le moindre doute à ce sujet.

— Oui, je veux le garder. Bien sûr, je comprends que tu ne sois pas...

— Je le veux aussi, coupa-t-il à son tour, avant qu'elle n'ait le temps de lui fournir d'explication.

Muette de stupeur, elle le regarda se frotter le visage et en fut attendrie. Elle n'avait pas choisi le bon moment pour annoncer une telle nouvelle !

— Je veux être un père pour ce bébé, dit-il d'un ton déterminé, en s'asseyant près d'elle, sur le canapé.

Il fit mine de lui tendre la main, mais se ravisa et posa les coudes ses genoux.

— N'aie aucune crainte à ce sujet, ajouta-t-il. Tu peux compter sur moi.

— Je suis... surprise, dit-elle sans réfléchir.

Gio fronça aussitôt les sourcils.

— Je n'avais pas réalisé que tu avais si peu d'estime pour moi !

Hailey tenta de se justifier.

— Ce n'est pas ça, mais... vu les circonstances...

— Quelles circonstances ?

Pourquoi plaisantait-il sur un sujet aussi sérieux ?

— Je veux dire que tu n'es peut-être pas vraiment maître de ton destin. Tu as des obligations, et ce bébé a été conçu lors d'une aventure d'un soir que nous n'avions pas l'intention de prolonger, alors...

Comme il attendait qu'elle poursuive, elle ajouta :

— Et puis, nous ne vivons pas sur le même continent !

Troublée par son sourire, elle détourna le regard.

— Hailey, nous allons avoir un bébé, dit Gio, une pointe d'émerveillement dans la voix.

Elle acquiesça, elle-même surprise par ce brusque rappel à la réalité.

— Nous allons avoir un bébé, répéta-t-elle, en se disant que c'était la première fois qu'elle prononçait ces mots à voix haute.

La première fois, aussi, que cette grossesse lui semblait bien réelle.

— Alors tout le reste passe après cela, reprit Gio. Après toi et le bébé.

Il lui tendit la main et, cette fois, elle la lui laissa.

— Nous ferons face à tout cela ensemble. Nous formons une équipe, maintenant. Une famille...

Une famille ? Il s'était demandé toute sa vie ce que ce mot signifierait pour lui, mais jamais il n'avait imaginé ce cas de figure. Bien sûr, il n'avait pas précisément choisi d'avoir un enfant avec Hailey. C'était un accident qui, en un éclair, venait de changer le cours de sa vie. Mais il ne pouvait pas le lui dire. Il ne pouvait pas lui avouer que le fait qu'elle soit enceinte de lui compromettait tous les plans que ses parents avaient faits pour lui. Toutes les attentes qu'ils avaient vis-à-vis de lui. Tout ce qu'il était censé faire par devoir envers son pays, sa famille...

Eh bien, tout le monde au palais allait devoir se faire à l'idée qu'on ne lui dicterait plus sa conduite, désormais ! Il ignorait certes de quoi son avenir serait fait, mais pour la première fois de sa vie, il avait le sentiment de pouvoir en décider, et c'était plus que ce qu'il avait jamais espéré.

— Tu vas bien ? demanda-t-il à Hailey, en essayant de se rappeler que le fait qu'elle porte son enfant ne changeait rien à leur relation.

Il n'avait pas le droit de s'attendre à renouer avec elle, même s'il avait souvent caressé cette idée au cours des derniers mois. Elle avait été assez claire sur le fait qu'elle ne voulait plus le revoir, sauf à l'occasion du futur mariage d'Ivy et Sebastian. Mais un bébé changeait sûrement la donne, non ?

Que devait-il faire, maintenant ? Sa première pensée avait été que ses parents ne pourraient pas le contraindre à se marier une fois qu'il leur aurait appris la nouvelle. Qui voudrait d'un prince héritier flanqué d'un enfant illégitime ?

Comme ce vilain mot se formait sans sa tête, il s'y arrêta. Cet enfant, qui n'aurait pas le moindre droit d'accéder un jour au trône, serait-il rejeté par sa famille ? Cette idée raviva l'esprit de révolte qu'il sentait couver en lui, et en amena une autre, plus cruciale encore : comment vivrait cet enfant ?

Sa propre enfance avait été marquée par une grande solitude, et il se rappela sa détresse chaque fois que sa nounou lui annonçait que la demi-heure avec ses parents était terminée et qu'il était l'heure d'aller se coucher. Il ne ferait pas cela à son enfant, se promit-il. Il ferait en sorte qu'il ait toujours une place au palais et qu'il sache qu'il était aimé, inconditionnellement. Il ne répéterait pas les erreurs de ses parents.

La voix d'Hailey le tira de ses pensées.

— Je vais bien, dit-elle, et toi ?

Ses yeux l'observaient attentivement, et il eut l'impression qu'elle lisait en lui comme dans un livre ouvert.

— Oui, très bien, répondit-il machinalement, car il n'était pas sûr d'avoir le vocabulaire nécessaire pour décrire ce qu'il ressentait vraiment.

— Je devrais te laisser… digérer tout ça, dit Hailey avec douceur. C'est beaucoup de choses à assimiler, je le sais. Tu as probablement besoin d'un peu de temps pour t'habituer à l'idée.

Il acquiesça. Il avait du mal à rassembler ses pensées en ce moment.

— Reparlons-en demain, proposa-t-il, incapable d'attendre plus longtemps pour la revoir.

Hailey secoua la tête.

— Les festivités du mariage commencent demain, et je doute que tu aies le temps…

— Je le prendrai, affirma Gio. Dis-moi l'heure où cela te convient et nous pourrons nous rencontrer ici.

Il poussa un soupir de soulagement en la voyant hocher la tête. Il n'avait pas réalisé jusqu'à ce moment-là qu'il craignait de ne plus la revoir.

4

Gio vérifia sa coiffure en attendant l'arrivée d'Hailey. Il ne s'était jamais senti aussi nerveux de sa vie, mais jamais non plus il n'avait eu à traiter une question aussi délicate. Cela l'avait tenu éveillé jusque tard dans la nuit, lui laissant le loisir de réfléchir, dans le silence de sa suite, à la façon dont il devrait gérer cette affaire, pour le bien d'Hailey et celui de leur enfant à naître. Et après avoir envisagé une multitude de solutions, il avait arrêté son choix. Ce qu'il devait faire maintenant était très clair dans son esprit. C'était son choix. Ni Hailey, ni sa famille, ni personne d'autre ne le lui avait imposé. Il n'était pas pris au piège...

S'il se le répétait assez souvent, peut-être commencerait-il à y croire ? Mais en réalité, maintenant que le bébé était en route, on ne pouvait pas vraiment parler de choix...

Quand il entendit frapper deux coups secs à la porte, il sentit sa détermination grandir encore – en même temps que sa nervosité montait d'un cran.

Il ouvrit grand la porte et plaqua un sourire sur ses lèvres.

— Entre...

Il leva les yeux vers elle et la trouva ravissante. Ses joues et ses lèvres étaient roses, ses cheveux tombaient en vagues soyeuses sur ses épaules. Elle était rayonnante, comme l'étaient souvent les femmes enceintes. Du moins l'avait-il entendu dire, sans pouvoir l'observer lui-même.

Elle se dirigea vers le canapé où elle avait pris place la veille et s'y assit.

— J'imagine que… nous avons beaucoup de choses à nous dire, commença-t-elle.

Elle paraissait calme, et il se dit que c'était une bonne chose, car les questions qu'ils avaient à résoudre étaient sérieuses et exigeaient la plus grande sérénité.

— Je comprends que l'éloignement va compliquer les choses, poursuivit-elle, mais je suis sûre que nous pouvons trouver un moyen pour que tu puisses rendre régulièrement visite au bébé.

— Visite ? répéta-t-il, surpris qu'Hailey entre directement dans le vif du sujet.

— Oui, répondit-elle après une seconde d'hésitation. Hier, tu as dit que tu voulais participer à l'éducation de ce bébé. Bien sûr, si tu as changé d'avis…

— Je n'ai pas changé d'avis, s'empressa-t-il de répondre. Mais… je ne veux pas simplement « rendre visite » à mon propre enfant. Je veux… je veux t'épouser, Hailey. Et que tu viennes à Adria avec moi.

Elle ignorait combien de temps ils restèrent assis en silence pendant qu'elle tentait de faire le tri dans les pensées confuses qui assaillaient son cerveau. L'idée d'épouser

Gio était ridicule, bien sûr. Et les raisons de refuser si nombreuses qu'elle ne savait pas par où commencer.

Il agissait clairement par sens du devoir, et ses intentions étaient sans doute louables. Mais, aussi admirable cela soit-il, ce n'était pas sa conception du mariage, et encore moins du mariage heureux. Il serait sûrement d'accord avec elle sur ce point…

— Il n'en est pas question, lâcha-t-elle alors, d'un ton plus abrupt qu'elle ne l'aurait voulu.

Et elle fut surprise de voir son visage s'assombrir. Se pouvait-il qu'il soit… déçu ?

Même si c'était le cas, l'idée n'en était pas moins absurde. On n'épousait pas une femme que l'on connaissait à peine sous prétexte qu'elle était tombée enceinte. On était au XXIe siècle !

Et pourtant… il y avait quelque chose d'attirant dans cette idée. Et cela n'avait rien à voir avec l'argent, avec la notoriété de Gio. Non, c'était l'idée de former une famille, avec deux parents et un enfant qu'ils aimeraient et chériraient. Elle se moquait d'être l'épouse d'un prince, de fréquenter le Gotha européen, mais elle voulait… une famille.

Le problème, c'est qu'elle ne pouvait pas avoir l'un sans l'autre.

— Gio, je suis désolée, dit-elle, j'ai été plus directe que je ne l'aurais voulu. Je voulais seulement dire que je ne veux pas me marier par obligation. Ou par commodité. L'idée d'offrir une vraie famille à ce bébé est très tentante, et je suis touchée que tu aies pensé au mariage. Mais soyons raisonnables… Je ne fais pas partie de ton monde et ce ne sera jamais le cas. Il est plus logique de continuer à vivre comme avant. Je sais que tu prendras du temps pour le bébé. J'ai confiance en toi pour être un bon père.

Gio se pencha vers elle, les coudes posés sur les genoux.

— Je veux être plus qu'un bon père, répliqua-t-il, acerbe. Je veux être *là*. Je ne veux rien manquer des premiers jours, des premiers mois, des premières années de la vie de cet enfant. Et la seule façon d'y parvenir, c'est de vivre avec sa mère. Je comprends que tu aies ta vie ici et je le respecte. Mais si tu viens à Adria, il y aura des opportunités professionnelles pour toi, aussi. Je pourrais t'aider, te donner des contacts... Si tu ne veux pas travailler, tu ne seras pas obligée de le faire. Nous pourrions aussi partager notre temps entre Adria et New York, au début, jusqu'à ce que... je n'aie plus besoin de m'absenter. Je voudrais que tu y réfléchisses, d'accord ?

Elle répondit aussitôt, les yeux fixés sur ses mains jointes :

— Nous pourrions faire tout cela sans être mariés.

À sa grande surprise, elle le vit laisser tomber sa tête dans ses mains.

— Mais je *dois* me marier ! dit-il d'une voix étouffée, avant de se redresser pour croiser son regard. Je l'ai toujours su. Les discussions sur ma future épouse ont commencé avant que je ne sache marcher. Mes parents ne vont pas changer d'avis sur la question même si j'ai un bébé avec toi. Adria aura besoin d'un héritier légitime et...

— Et c'est moi, la jument poulinière ! Comme c'est flatteur !

— Non, ce n'est pas du tout ce que je veux dire. Mais

la pression ne cessera pas juste parce que nous avons un enfant ensemble. L'idée de se marier pour servir Adria a toujours été…

Elle le regarda chercher le mot juste et ressentit une vague de sympathie pour lui.

— … un point essentiel. Et un défi. Continuer dans cette voie, et vous réserver un autre traitement, à toi et au bébé, serait impensable. Je ne peux pas, et ne veux pas avoir de double vie. D'un autre côté, compte tenu de ton état, mes parents ne peuvent pas s'opposer publiquement à notre mariage sans provoquer un scandale. Et si nous sommes mariés, ils ne pourront pas exiger que j'épouse quelqu'un d'autre…

Elle posa la main sur la sienne.

— Gio, dit-elle doucement, personne ne peut te forcer à te marier, tu sais.

— Non, en effet, acquiesça-t-il. Mais mes parents peuvent exprimer leur désaccord.

— Sans même se poser la question de… ton souhait personnel ? demanda-t-elle, choquée.

— Ce sont mes parents, tout de même, et je suis le prince d'Adria.

Elle n'aurait jamais cru pouvoir s'apitoyer sur le sort d'un homme élevé dans un palais mais, à l'entendre, son enfance avait créé des blessures tout aussi profondes que celles qu'elle portait elle-même.

C'était trop difficile pour elle, réalisa-t-elle soudain. Comment prendre la bonne décision concernant son avenir, dans ces conditions ? D'autant qu'elle n'était pas seule en cause. Elle allait être mère bientôt, et elle devait prendre le bébé en compte.

— Je ne m'attendais pas du tout à cela, Gio, s'entendit-elle dire. Il faut que j'y réfléchisse.

— Tu es enceinte de moi et il ne t'est jamais venu à l'esprit que la meilleure chose à faire était de te marier ?

— Franchement, non. Je ne suis pas une femme perdue qu'il faut sauver, tu sais...

— Certes, mais moi, je suis un personnage public, et la réputation de mon pays dépend de mes choix et de mes décisions.

— Toi, au moins, tu sais mettre en avant les bons arguments pour convaincre ! lâcha-t-elle avec une ironie mordante. Comment envisages-tu les choses, au juste ? Nous sourirons devant les caméras le jour de notre mariage avant de nous retrancher dans deux ailes différentes du palais, où chacun pourra vivre comme il l'entend ?

— Personne n'a parlé d'un mariage de convenance, répondit-il.

Ses paroles furent accueillies par un silence pesant, qu'elle rompit au bout de quelques instants.

— Mais... si tu m'as demandé de t'épouser, c'est bien uniquement parce que je suis enceinte, non ?

— C'est vrai. Mais si cela s'est produit, c'est parce que nous avons eu... une connexion. Plus qu'un lien physique, je veux dire. Je pense qu'il ne faut pas l'oublier. Mais pour l'instant, nous devons prendre certaines décisions, avant de songer à ce que les autres vont penser. C'est à nous qu'il appartient de choisir et à personne d'autre. Quelqu'un d'autre est-il au courant ?

— Tu es la première personne à qui je le dis, répondit-elle.

— C'est bien.

Hailey se raidit.

— C'est bien ? Es-tu heureux d'être père ou heureux d'être le premier informé et de pouvoir maîtriser ta communication ?

Il se redressa, et elle vit qu'il était tendu à l'extrême.

— Tu es un peu naïve, dit-il simplement.

Hailey bredouilla, incapable de croire qu'il puisse l'accuser de cela.

— Moi, je suis naïve ? C'est toi qui penses que le fait de te marier va résoudre le problème au lieu de le compliquer, et c'est moi qui suis naïve ?

Gio s'excusa aussitôt.

— Désolé. Je n'aurais pas dû dire ça.

— Si tu le penses, répliqua Hailey, le fait que tu le dises à voix haute ou non n'a aucune importance !

Gio s'adossa au canapé et se passa une main dans les cheveux.

— J'ai vraiment l'impression que nous sommes partis du mauvais pied, dit-il, d'un ton radouci.

Elle eut un sourire triste, puis reprit la parole.

— Gio... Je suis flattée que tu m'aies fait cette proposition, mais je dois malheureusement la décliner.

Elle l'observa en silence pendant un instant, songeant qu'elle aurait donné cher pour connaître le fond de sa pensée. Mais il était tellement habitué à masquer ses émotions qu'elle ne pouvait rien lire sur son visage.

Enfin, il reprit la parole.

— Que tu acceptes ou non ma proposition, tu fais

désormais partie de ma vie, Hailey. Tu es la mère de mon enfant et cela fait de toi un membre de ma famille, même si je ne souhaite à personne d'en faire partie. Nous en sommes là, et je comprends que tu aies besoin de temps. Hélas, je dois retourner à Adria dès le lendemain du mariage.

— Cela nous laisse trois jours, lui rappela-t-elle. On ne peut pas prendre une telle décision en trois jours !

— Alors, viens avec moi à Adria ! Passons un peu de temps ensemble et voyons comment les choses se passent. Donne-moi au moins une chance avant de m'exclure complètement. Qu'est-ce que tu en penses ?

Elle prit une grande inspiration, puis déclara :

— Je me disais juste que... ce serait bien pour le bébé, tu sais. D'avoir une famille. J'aimerais pouvoir lui donner un vrai foyer...

Gio grimaça.

— Tu n'as pas rencontré mes parents ! Eux et moi formons ce qu'on appelle une famille et pourtant, je ne souhaite pas à mon enfant d'avoir une enfance comme la mienne...

— Oui, je comprends, mais...

Elle se leva brusquement, ne voulant pas épiloguer sur sa propre famille, et consciente d'en avoir déjà trop dit.

Gio se leva à son tour, et elle sentit son corps tout près du sien. Il serait si facile, si réconfortant, de poser la tête sur sa poitrine ! Si rassurant, aussi, de céder à la tentation d'offrir à son bébé ce qu'elle n'avait pas eu en acceptant sa proposition.

— Hailey, je t'ai bouleversée. Je m'excuse, dit-il, sans s'approcher davantage.

Elle secoua la tête et s'efforça de recouvrer son calme.

— Non, ne t'inquiète pas. Il faut que j'y aille, maintenant. Il me reste encore beaucoup à faire pour le mariage.

Gio effleura sa main.

— Il faut nous revoir, Hailey. Pour discuter encore.

Elle acquiesça.

— Bien sûr. Prenons juste quelques jours pour rassembler nos idées. Décider de ce que nous voulons.

— Et en attendant...

— Je sais. Il faut garder le secret et n'en parler à personne.

— Non, ce n'est pas ce que j'allais dire.

Il fit un pas vers elle, et elle dut pencher la tête pour le regarder.

— En attendant, si tu as besoin de quoi que ce soit... si tu n'es pas bien ou que tu veux parler, par exemple, promets-moi que tu m'appelleras. D'accord ?

Il sortit une carte de la poche intérieure de sa veste, griffonna un numéro de téléphone au dos et la lui tendit.

— Je suis à tes côtés, d'accord ? Je ne veux pas que tu remettes cela en question, quoi qu'il arrive. Je suis vraiment ravi de cette nouvelle. J'espère que tu le sais, même si cela te semble compliqué en ce moment.

Ravi. C'était un mot très fort et elle savait qu'il était sincère. Leur bébé hériterait-il de son sourire ? Elle l'espérait !

— Je suis ravie de l'apprendre, et je partage ton sentiment, dans le fond.

Elle lui rendit son sourire, puis s'éclipsa.

Depuis un coin de la salle, Hailey observait Gio, qui portait un toast aux heureux mariés. Elle aurait dû être partie depuis longtemps – après avoir vérifié que les centres de table étaient parfaits et les bouquets bien répartis dans les différents espaces – et pourtant, elle était là, entourée des lumières féeriques et des décorations de Noël qui avaient transformé cette salle en un véritable décor de conte de fées. Et elle ne pouvait pas s'en aller.

Parker & Parker, une demeure privée qui accueillait de grands mariages, était en tête de sa liste de lieux de rêve. Depuis les arbres imposants saupoudrés de neige et illuminés de guirlandes qui bordaient l'escalier à double révolution, jusqu'aux lustres en cristal de la salle de bal ornée de poinsettias blancs, chaque centimètre carré avait été transformé en une élégante fantaisie de Noël.

Un peu plus tôt, quand la mariée avait fait son entrée dans sa longue robe blanche, tous les regards s'étaient tournés vers elle, admiratifs. Le marié, quant à lui, portait un smoking immaculé qui n'avait rien à envier à la tenue de son épouse, et Hailey s'était surprise à envier leur bonheur, tout à coup.

Lorsque Gio commença à parler, elle ne put s'empêcher de se demander ce qu'il dirait le jour de leur mariage – si toutefois elle acceptait sa demande. Il ne parlerait certainement pas d'amour, comme il le faisait en ce moment en évoquant le couple du jour, qui se regardait avec adoration...

Laissant échapper un soupir de frustration, elle n'attendit pas la fin du discours. Elle était épuisée, et décida qu'il valait mieux aller se coucher.

Lorsqu'elle entendit frapper à sa porte, elle s'éveilla en sursaut. Elle avait l'impression d'avoir à peine fermé les yeux. Elle jeta un coup d'œil à son réveil : 6 heures du matin !

Titubant jusqu'à la porte, elle l'entrouvrit.

— Gio ? Mais...

— Je suis désolé, dit Gio. J'étais impatient d'avoir de tes nouvelles et malheureusement, je dois rentrer à Adria ce soir. Je ne peux pas partir sans savoir...

— J'ai été très occupée...

Gio acquiesça.

— Je comprends. Mais mon vol part ce soir et je ne peux pas supporter l'idée de rester dans l'incertitude. Tu veux bien venir marcher un peu avec moi ? J'ai apporté du café.

— À 6 heures du matin ?

— Pourquoi pas ? Je pense qu'il va neiger. Je suis ici depuis quatre jours et je n'ai rien vu de la ville. Veux-tu bien me la montrer ?

Elle se pencha et jeta un coup d'œil dans la rue pour s'assurer qu'il n'y avait personne, avant de l'inviter à entrer.

— Attends-moi un instant. Je vais m'habiller.

Elle lui prit les cafés des mains, puis but une gorgée.

— Je crois qu'il va me falloir un autre café, dit-elle.

— Pas de problème...

Elle disparut dans sa chambre et revint vêtue d'un jean et emmitouflée dans une grosse parka, plus que prête à affronter tout ce qu'un hiver new-yorkais pouvait réserver. La neige était tombée en abondance la veille, et elle prit soin de compléter sa tenue par un bonnet, une écharpe et des moufles.

Du coin de l'œil, elle aperçut Gio qui lui souriait.

— Qu'est-ce qu'il y a ? demanda-t-elle.

Il hésita.

— Rien. Tu es... adorable, dit-il enfin.

Elle haussa un sourcil, mais ne réagit pas. Elle se pencha pour prendre son portable et lorsqu'elle se redressa, il était près, tout près.

— Tu es très... petite, dit-il en en glissant une mèche rebelle derrière son oreille. Je pourrais te prendre dans mes bras et...

Elle recula d'un pas.

— Écoute, Gio... Je ne peux pas réfléchir et prendre des décisions importantes si tu dis des choses comme ça. Si tu me regardes comme ça...

Gio secoua la tête et recula d'un pas.

— Je suis désolée. Je n'ai pas réfléchi. Tu as raison. Ce serait vraiment très compliqué.

Elle acquiesça.

— Si nous devons nous marier, il faudrait... éviter ce genre de complications, ajouta-t-elle.

— *Si* nous devons nous marier ? répéta-t-il.

Elle décida de ne pas répondre, et ouvrit la porte de l'immeuble. L'air froid la saisit aussitôt, et elle entendit le bruit sourd d'un bloc de neige qui tombait du toit. Elle s'avança prudemment sur le trottoir, en prenant garde de ne pas regarder Gio dans les yeux, puis commença à parler.

— J'ai réfléchi, Gio. Je veux que ce bébé connaisse sa famille, dit-elle. Qu'il y ait sa place, comme il se doit. Et si cela exige que ses parents soient mariés, alors c'est ce que nous allons faire...

Elle avait envisagé toutes les solutions pour donner à son bébé ce qui lui avait manqué dans son enfance, et n'avait trouvé que ceci : épouser Gio, et se préoccuper plus tard de ses sentiments pour lui. La visite du pays dont Gio était le prince héritier offrirait sans doute de nombreuses possibilités de réfléchir tranquillement à l'avenir.

Ils s'arrêtèrent pour traverser la route et comme le jour se levait à peine, elle dut plisser les yeux. Quand la main de Gio se posa sur son coude, elle lutta contre son instinct de le repousser et accepta son aide.

Elle le guida jusqu'au parc situé à l'angle de sa rue. Les grilles étaient garnies de guirlandes lumineuses, les lampadaires joliment décorés, et un imposant sapin de Noël avait été disposé sur le terre-plein central.

Ils marchèrent en silence à travers les rues tranquilles du petit matin, s'arrêtant pour admirer une cour illuminée, une porte cochère décorée d'une couronne de houx...

— Je vais avoir besoin d'un peu de temps pour faire mes valises, dit soudain Hailey, tandis qu'ils admiraient une jolie vitrine. Et je vais probablement devoir effectuer des achats de dernière minute. Oh ! et j'ai un rendez-vous médical la semaine prochaine !

Gio se tourna vers elle.

— Bien sûr, dit-il. L'avion part ce soir, mais as encore le temps. Je peux aussi te trouver un médecin ou une sage-femme à Adria si tu le souhaites.

— Comment allons-nous faire ? Allons-nous voir ta famille dès notre arrivée ? Aller directement au palais ?

Gio réfléchit un instant.

— Oui, finit-il par répondre. Si tu es d'accord. Nous

devrions leur dire dès que possible et je veux le faire en personne.

Hailey acquiesça et Gio lui tendit la main, dont il caressa le dos avant de s'éloigner. Puis, il prit une grande inspiration et ajouta :

— Je ne suis pas certain qu'ils prennent très bien la nouvelle, dit-il. Ne te méprends pas, ils seront d'une politesse sans faille à ton égard. Et s'ils seront déçus par mon comportement, ils n'en laisseront rien paraître.

Elle lui était reconnaissante de se montrer aussi honnête, et répondit :

— Je ne m'inquiète pas de savoir comment ils m'accueilleront, dit Hailey. Pour être tout à fait franche, leur opinion n'est pas ce qui compte le plus. Et je ne m'inquiète pas pour moi, mais pour toi.

Gio eut un sourire mélancolique.

— C'est inutile, je t'assure...

Ils avaient atteint la 28e Rue et Hailey retrouva avec joie les bruits et les parfums familiers du quartier des fleurs. Elle se sentait plus à l'aise dans cette petite partie de New York que dans toutes les maisons qu'elle avait occupées au Royaume-Uni. Chaque fois qu'elle foulait ces trottoirs, elle se sentait chez elle, et avait exactement qui elle était et ce qu'elle faisait dans la vie. Sauf que maintenant, avec Gio à ses côtés, elle sentait toutes ses certitudes s'effondrer...

— Je n'ai peut-être pas à m'inquiéter, mais je vais le faire quand même, dit Hailey en contournant une pile de jardinières.

Sa voix était douce, malgré sa colère sourde.

— Parce que, franchement, j'ai l'impression que tes parents sont cruels.

Gio secoua la tête.

— Ils ne sont pas cruels.

Elle avait de la peine pour lui. Les personnes qui auraient dû l'aimer le plus le traitaient sans égards, sans même se rendre compte des dommages qu'ils causaient.

— Tu... appréhendes de leur dire que tu vas avoir un bébé, lui dit-elle doucement. Cela signifie que tu te méfies de leur réaction, n'est-ce pas ?

— Oui, c'est vrai, mais cela ne fait pas de mes parents des monstres.

— C'est te faire douter de leur soutien et de leur affection qui est monstrueux, lui dit-elle. Je te connais depuis peu de temps, mais je sais déjà que tu ne traiterais jamais notre enfant comme ça, quelles que soient les circonstances.

— Je suis heureux que tu l'aies compris, dit Gio, en s'arrêtant pour prendre les frondes d'une fougère entre ses doigts, faisant tomber les flocons de neige qui s'y étaient déposés. Je sais que notre situation n'est pas... conventionnelle, et je suis sûr que nous devrions nous remettre en question. Mais malgré tout, je suis heureux d'avoir un bébé. N'oublie jamais ça, Hailey.

Il protégerait Hailey du mieux qu'il pourrait, car il n'avait pas oublié ce qu'elle avait dit à propos de sa propre famille, dont l'absence l'avait fait cruellement souffrir. Il savait qu'elle apporterait à Adria ses propres blessures, sa fragilité, et il ne laisserait pas ses parents lui faire du mal.

5

Gio désigna le marché d'un geste circulaire.

— C'est donc ici que tu travailles ?

Il neigeait toujours, mais plus légèrement, et des flocons s'accrochaient aux cheveux de Hailey. Il lui avait rendu visite dans son atelier, tout près d'ici, la première fois qu'elle l'avait rencontré, mais c'était en fin d'après-midi – une heure tardive pour les lève-tôt du marché aux fleurs. Les étals et les magasins étaient alors pratiquement déserts, alors qu'elle les aimait grouillants d'activité, comme maintenant.

Elle prit une tige de fougère dans un seau, y ajouta un brin d'eucalyptus et de myrte pour former un bouquet de verdure en cascade. Le vendeur, qui la connaissait, lui tendit gentiment une ficelle, sans poser de question. Une fois son bouquet achevé et noué, elle paya, remercia et tendit sa création à Gio qui, l'espace qu'un instant, la regarda fixement.

— Je crois que c'est la première fois qu'on m'offre des fleurs, dit-il, un peu surpris.

— Oh ! ce n'est que du feuillage ! dit Hailey en sentant

ses joues rosir. Ces fougères sont magnifiques. C'est ton cadeau de fiançailles !

Il faillit trébucher, et elle rit doucement en lui attrapant le coude.

— Tu ne veux plus te marier ?

Elle ne plaisantait qu'à demi.

— Mais si ! Et à propos de fiançailles… il te faut une bague, non ?

Elle se tourna vers lui.

— Oh ! ce n'est pas la peine… Je ne faisais pas allusion à cela, dit-elle.

— Je n'ai pas pensé une seconde que c'était le cas, assura Gio. J'avais vraiment envie de t'en parler, mais je ne voulais pas te mettre la pression. La tradition veut que l'on choisisse un bijou de famille pour offrir à sa fiancée. Mais je ne veux pas…

— Non, tu as raison, bien sûr. Ce n'est pas… un vrai mariage. Ce ne serait pas approprié…

— Hailey. Arrête, s'il te plaît ! Laisse-moi finir. Bien sûr que c'est un vrai mariage. Ce n'est peut-être pas tout à fait classique, mais ce ne sera pas la première fois qu'une telle situation se présente au sein d'une famille royale… Et puis, c'est nous qui décidons de ce qui est « vrai » ou pas dans ce mariage. J'aimerais que tu puisses choisir ta bague. Je ne veux pas t'imposer un bijou qui ne te plairait pas. Nous pourrions aller chez un bijoutier, ici ou à Adria. Ou opter pour la collection familiale. Comme tu préfères, Hailey.

— Il y a quelqu'un que je veux que tu rencontres ! dit-elle sans transition.

Gio regarda sa montre en riant.

— Maintenant ? Mais... il est 8 heures du matin !

— Gracie en est déjà à sa troisième tasse de café. Avec un peu de chance, nous pourrons en boire un ensemble.

— D'accord ! répondit-il d'un ton enjoué. Et Gracie est... ?

— Elle était ma patronne lorsque j'ai trouvé mon premier emploi de fleuriste à New York. Je travaillais à temps partiel pour financer mes études, et Gracie m'a appris tout ce que je sais sur les fleurs, et aussi... sur moi-même. C'est une très bonne amie.

« Amie » n'était pas un mot assez fort pour décrire quelqu'un qui comptait autant pour elle. Il était impensable qu'elle parte pour Adria sans annoncer la nouvelle à Gracie.

Quelques instants plus tard, elle franchissait avec Gio le seuil du magasin.

— Gracie ? appela-t-elle, devinant que son amie se trouvait dans la petite pièce du fond, qui servait à la fois de débarras et de coin-café.

— Hailey ? C'est toi, ma chérie ? cria Gracie, avant de se précipiter vers Hailey pour la serrer dans ses bras à l'étouffer. Quelle merveilleuse surprise ! Comment s'est passé le mariage, hier ?

Tout à coup, elle nota la présence de Gio, qui se tenait toujours près de la porte. Agrippant Hailey par les épaules, elle lui jeta un regard interrogateur.

Hailey se racla la gorge.

— Gracie, voici...

Elle hésita sur la façon dont elle devait présenter le

prince héritier, jusqu'à ce qu'elle se souvienne de la simplicité avec laquelle Gio s'était présenté à elle.

— Gracie, voici Gio...

Elle marqua une pause.

— Et nous avons une nouvelle à t'annoncer.

Gracie se détourna de Hailey pour jauger Gio, avant de fixer de nouveau son regard sur Hailey.

— Quelle nouvelle ?

Au ton de sa voix, Hailey sut que son amie avait deviné.

— Nous attendons un bébé ! dit-il spontanément, et nous allons nous marier. Je prends l'avion ce soir pour Adria.

— Eh bien, ma chérie, c'est une *sacrée* nouvelle ! dit Gracie, avant de jeter un nouveau regard – soupçonneux, cette fois – par-dessus l'épaule de Hailey. Si vous voulez bien nous excuser...

— Gio, répéta Hailey.

— Si vous voulez bien nous excuser, Gio, j'ai besoin de parler à Hailey seule à seule pendant quelques instants.

La poigne ferme de Gracie sur son bras glissa jusqu'à son poignet et elle l'entraîna dans l'arrière-boutique.

Les mains sur les hanches, Gracie se tourna vers elle.

— Tu peux... m'expliquer ce qui se passe ? demanda-t-elle.

— Je crois que j'ai été assez claire, dit Hailey, fuyant son regard.

— En effet, mais maintenant, j'aimerais connaître les détails. Je ne t'ai jamais entendu parler de ce Gio et tout à coup j'apprends que tu vas quitter New York et l'épouser !

Hailey prit place sur l'un des tabourets près du comptoir,

et leur versa à toutes deux une tasse de café, avant de répondre :

— Je sais que c'est inattendu, et un peu précipité. Cette grossesse n'était pas prévue, mais... nous sommes tous les deux ravis d'avoir un bébé et nous voulons tous les deux essayer de fonder une famille.

Gracie posa une main sur son bras.

— Oh ! chérie, il y a plusieurs façons de fonder une famille. Je sais que tu le sais.

— C'est vrai, et la meilleure famille que j'aie jamais eue se trouve ici, dans le quartier des fleurs de New York. Ici, je me suis sentie plus heureuse et plus aimée que je ne l'ai jamais été de ma vie. Mais j'aimerais que mon enfant grandisse entouré de ses deux parents. Je sais, c'est assez traditionnel, mais...

Gracie soupira.

— Pourquoi partir ? Gio et toi pouvez fonder une famille sans renoncer à votre vie ici, non ?

Hailey acquiesça, car elle savait que Gracie avait raison. Elle savait aussi qu'elle ne pouvait pas renoncer à saisir cette chance.

— Je le sais bien... mais nous voulons quand même essayer.

Gracie hocha la tête d'un air pensif.

— D'accord. Sachez que je te soutiens et que tu pourras toujours compter sur moi, quoi qu'il arrive.

Cette fois, c'est Hailey qui serra fort Gracie contre elle.

— Merci. Tu n'as pas idée de ce que cela représente pour moi de t'entendre dire cela.

Gracie baissa pudiquement la tête, au bord des larmes elle aussi.

— Devrions-nous mettre fin au supplice de ce jeune homme ? Ou le laisser mijoter un peu plus longtemps ? demanda-t-elle avec un sourire.

— Retournons-y, dit Hailey. J'ai peur qu'il retrouve ses esprits et annule sa proposition !

— Il faudrait qu'il soit stupide pour faire ça. Vu la façon dont il te regarde, je ne pense pas que tu aies à t'inquiéter.

Hailey s'abstint de détromper son amie en lui disant qu'il s'agissait d'une union de convenance. Elle ne savait pas elle-même comment définir les liens qui l'unissaient à Gio. Tout ce dont elle était sûre, c'est qu'elle devait l'épouser, et laisser ses sentiments de côté. Tomber amoureuse de Gio ne pourrait que compliquer les choses, alors elle se l'interdisait, tout simplement.

Lorsqu'elle sortit de l'arrière-boutique, Gio faisait les cent pas, les mains jointes dans le dos, et Hailey fut surprise de constater qu'il avait l'air nerveux.

— Tout va bien ? lui demanda-t-il avec un regard en direction de Gracie.

— Tout va bien, lui dit-elle en s'éloignant de Gracie pour le rejoindre.

Puis, soudain, l'émotion s'empara d'elle et elle lutta pour retenir ses larmes. Elle partait. Et pour donner à son enfant la famille qu'il méritait, elle devait quitter celle qu'elle avait trouvée ici, après l'avoir cherchée si longtemps.

— Nous ne sommes pas obligés de partir, dit Gio avec douceur.

— Mais si... Il y a ta famille.

Il chassa une mèche rebelle de son visage qu'il prit en coupe.

— Je les appellerai. Ils s'en remettront, tu sais.

— Nous savons tous les deux que ce n'est pas si simple. Mais merci d'avoir proposé.

— Je suis sincère, Hailey. Nous n'avons jamais vraiment parlé de ce que signifiait pour toi le fait de quitter New York. C'est impardonnable.

— Nous en parlerons à Adria, dit-elle. Il faut partir ce soir. Tu es attendu.

— Si tu es sûre...

Il était si bienveillant, si compréhensif qu'elle résista à l'envie de se blottir contre lui.

— Je suis sûre, dit-elle plus fermement. Nous pouvons toujours revenir. J'ai entendu dire que les avions traversaient l'Atlantique dans les deux sens !

Il laissa échapper un petit rire, tandis qu'Hailey se tournait vers Gracie.

— Tu sais, je crois que j'ai tort de m'inquiéter pour toi ! lança son amie. Profite de ton voyage, chérie. Et appelle-moi dès que tu seras de retour à New York. Je veux avoir des nouvelles de ce bébé et si tu as besoin de quoi que ce soit, appelle-moi. Tu me le promets ?

Elle se blottit contre Gracie qui la serra dans ses bras, et elle en profita pour essuyer subrepticement une larme.

— J'appellerai, promis. Mais tu n'as pas à t'inquiéter pour moi, en effet. Je vais bien, et je suis heureuse, dit-elle pour conclure.

Ils quittèrent le magasin, et une fois dans la rue, elle

songea en voyant les bambous, les fougères et les fleurs multicolores que tout cela allait lui manquer. Elle avait travaillé trop dur pour laisser tomber son entreprise, et ne voulait pas repartir de zéro à Adria. Elle n'avait pas de clients là-bas. Pas de contacts. Pas de fournisseurs. De plus, elle ne pouvait pas renvoyer ses employés sous prétexte qu'elle avait décidé de changer de vie !

Elle allait épouser un prince, se répéta-t-elle. Elle n'était pas vraiment experte en la matière, mais on ne pouvait pas être à la fois membre d'une famille royale et chef d'entreprise. Il faudrait qu'elle en parle sans tarder à Gio. Mais d'abord, il fallait d'abord régler la question de l'annonce aux parents…

Elle s'arrêta brusquement devant un magasin alors qu'ils marchaient sur la 28e Rue.

— À quelle heure est le vol ? demanda-t-elle. Et combien de temps dois-je prévoir de rester ? J'ai besoin de savoir ce que je dois emporter.

— J'enverrai un taxi te chercher à 20 heures pour que nous ayons le temps d'aller à l'aéroport. C'est à toi de décider combien de temps tu restes. Je t'invite à découvrir Adria, à t'y installer si tu le souhaites, mais je ne veux pas te forcer à quoi que ce soit. Nous pourrons décider ensemble de la durée de ton séjour.

Elle acquiesça.

— C'est Noël dans dix jours, dit-elle en essayant de garder un ton léger. Il serait étrange que nous passions notre premier Noël séparément.

Gio s'arrêta et prit sa main.

— Nous pourrions revenir ici pour Noël, si tu le souhaites.

Hailey sourit.

— Non, nous passerons Noël à Adria. Est-ce qu'il y a un dîner avec ta famille ou… ?

— La tradition veut qu'on assiste à une messe de minuit. Le lendemain, nous apparaissons au balcon pour saluer la foule, et le soir, nous dînons en famille, bien sûr.

Elle acquiesça. C'était ce à quoi elle s'attendait.

C'était irréel ! Non seulement elle était enceinte, mais elle allait bientôt se marier. Au sein d'une famille royale, qui plus est…

— Nous n'avons pas encore fixé de date pour… le mariage, souligna-t-elle.

— Bientôt, dit rapidement Gio. Je veux le faire dès mon arrivée.

— C'est vrai. Le plus vite sera le mieux, je suppose. J'en suis déjà à deux mois de grossesse.

Gio planta ses yeux dans les siens.

— Ce n'est pas pour cela que je veux t'épouser.

6

Il aurait sans doute dû mentir et prétendre qu'il voulait l'épouser rapidement parce qu'elle était enceinte. Elle lui avait fourni le prétexte parfait et il l'avait écarté sur un coup de tête. Maintenant, il devait essayer de lui cacher la vérité ! Il voulait faire d'elle sa femme et, comme elle avait accepté, il n'y avait aucune raison d'attendre. C'était juste à cause du bébé, se dit-il. Il voulait offrir un cadre à sa future famille et ne pas risquer de voir ses parents s'opposer à cette union. Il n'était pas sûr qu'ils puissent l'empêcher de se marier, mais il ne leur reprocherait pas d'essayer.

— Je ne veux pas que mes parents s'en mêlent, expliqua-t-il.

Tout cela n'avait rien à voir avec la nuit qu'ils avaient passée ensemble, se rappela-t-il. Ce serait trop compliqué, Hailey elle-même l'avait dit. Elle ne l'épousait que par obligation, et c'était très bien ainsi. Il s'était déjà fait à cette idée. C'était plus qu'il n'avait espéré, lui qui se voyait déjà contraint de prendre pour épouse une jeune femme que ses parents et leurs conseillers auraient choisie pour lui. Mais ce n'était pas pour autant un mariage d'amour, hélas ! Hailey ne l'aimait pas, et lui avouer ses sentiments ne pourrait que le faire souffrir, puisqu'elle ne les partageait pas. Quel que soit ce qu'il éprouvait pour Hailey, il devait le réprimer, et fonder son choix sur le seul intérêt de leur enfant.

— Il faut nous marier le plus rapidement possible, ajouta-t-il, soucieux de rester sur un terrain neutre en abordant des questions pratiques.

— Rapide… comment ?

— Que penses-tu du réveillon du nouvel an ?

Hailey s'arrêta brusquement de marcher.

— Le 31 décembre est dans deux semaines !

Gio hocha la tête, puis glissa nonchalamment les mains dans ses poches.

— Deux semaines ne suffisent *pas* pour organiser un mariage, Gio, dit-elle. Encore moins un mariage royal.

Gio soutint son regard, en essayant de ne pas s'émouvoir.

— Plus les préparatifs se prolongent, plus les choses se compliquent, rétorqua-t-il. Je veux que cela reste simple.

Hailey consulta l'heure sur son téléphone.

— Il faut que je rentre ! J'ai beaucoup de choses à organiser si nous prenons l'avion ce soir.

— Est-ce que ça veut dire que tu es d'accord pour que notre mariage ait lieu au nouvel an ? insista Gio. Parce que si c'est le cas…

— Je suis d'accord pour y *réfléchir* avant la Saint-Sylvestre, coupa Hailey.

— Très bien. Je comprends.

Hailey secoua la tête. Maintenant qu'elle était enceinte

et avait décidé de garder le bébé, toutes ces complications étaient inévitables, et Gio n'y pouvait rien.

Elle lui tendit la main.

— Je suis désolée, dit-elle. Rien de tout cela n'est ta faute. C'est le destin qui a compliqué les choses. Tu ne fais que suggérer des solutions, même si elles sont un peu... radicales.

— Je veux faire ce qu'il faut ! déclara Gio avec tant de sincérité qu'elle n'eut d'autre choix que de le croire.

— Je sais. Et je suis sûre que tu as raison. J'ai juste besoin d'avancer à mon rythme.

Quelques heures plus tard, alors qu'elle jetait ses vêtements dans sa valise, elle se félicita d'avoir prévu une pause dans son agenda, après le grand mariage mondain d'Ivy et Sebastian. Jusqu'au mois de janvier, il n'y avait rien que son équipe ne puisse faire sans elle, et d'ici là, elle espérait avoir trouvé une solution pour gérer ses affaires depuis Adria. Elle savait qu'elle pouvait compter sur Gracie pour intervenir et l'aider en cas de problème.

Elle pouvait aussi l'appeler pour lui demander quels vêtements emporter pour rencontrer sa belle-famille, mais elle s'abstint, craignant qu'une conversation avec son amie fasse renaître ses doutes : avait-elle fait le bon choix en acceptant d'épouser Gio, et que pouvait-elle espérer de l'avenir ? Pour le bien de son bébé, elle devait tenir bon et respecter l'arrangement qu'elle avait pris avec Gio.

En fin de compte, elle opta pour des vêtements pratiques et prit soin d'ajouter quelques tenues plus chics, qu'elle utilisait parfois pour assister aux mariages. Elle n'aurait jamais sa place dans la famille de Gio, mais elle essaierait au moins de se comporter convenablement.

Elle sursauta lorsqu'on frappa à sa porte et elle se dépêcha d'aller ouvrir, s'attendant à voir Gio sur le seuil. Au lieu de cela, elle se retrouva face à un chauffeur en livrée qui hocha poliment la tête devant son air surpris.

— Je suis là pour vous conduire à l'aéroport, madame Thomas, dit-il. Je peux vous aider à faire vos bagages ?

— Je n'ai qu'une valise, dit-elle, luttant contre sa déception.

C'était stupide, se dit-elle. Gio lui avait demandé de l'épouser ! Elle ne devrait pas remettre en question son engagement envers elle. Mais il y avait une différence entre l'engagement et... l'intérêt personnel ? Est-ce cela qui avait motivé sa demande ? Ils avaient tous deux été très clairs sur le fait qu'ils ne se mariaient que pour le bien de leur bébé. Cet arrangement était parfaitement conforme à ce qu'ils étaient convenus.

Elle attrapa elle-même sa valise, puis jeta un sac à main sur son épaule et referma la porte derrière elle. Au moment de tourner la clé dans la serrure, elle marqua un temps d'arrêt. Quand retrouverait-elle son appartement ?

Elle chassa bien vite ces pensées troublantes et suivit le chauffeur. Une fois installée dans la voiture, elle fit défiler sur son écran les photos du mariage d'Ivy et Sebastian, qu'elle trouva magnifiques. Elle était très fière de son équipe et de ce qu'ils avaient réalisé ensemble. Elle résista à l'envie d'ouvrir sa messagerie pour voir si elle n'avait pas manqué un message de Gio, en se disant qu'elle le verrait très bientôt dans l'avion.

Quelque vingt minutes plus tard, alors que la voiture s'arrêtait à côté d'un jet privé, Hailey songea qu'il y avait des choses appréciables dans le fait d'être fiancée à un prince. Elle jetait un coup d'œil à son téléphone lorsque la portière s'ouvrit sur Gio qui s'avançait vers elle.

Il lui tendit la main, puis l'embrassa sur les deux joues.

— Hailey... Je suis désolé de ne pas avoir pu venir en personne. J'ai passé tout l'après-midi au téléphone avec mon père...

Elle accepta ses excuses, et perdit le fil de la conversation en découvrant l'intérieur luxueux de la cabine. Des fauteuils en cuir se faisaient face, disposés autour d'une table d'appoint, et elle distingua par une porte entrouverte une cabine séparée équipée d'un grand lit qui avait l'air très confortable...

Comme des pensées interdites envahissaient son esprit, elle s'empressa de détourner le regard.

La voix de Gio la ramena à l'instant présent.

— Il faut que je te prévienne : Adria traverse une crise politique, et il ne faudra pas t'étonner si l'ambiance est un peu... tendue au sein de ma famille. Sache que ça n'a rien à voir avec toi.

— Eh bien, cela ne me met pas vraiment à l'aise ! dit-elle, avant de réprimer un bâillement.

Gio sourit.

— Tu devrais prendre la cabine et te reposer. Je t'ai réveillée trop tôt, ce matin.

— Pour une fleuriste, six heures du matin, ce n'est rien, crois-moi ! Je vais tâcher de résister un peu plus longtemps. Mais toi, tu es encore à l'heure européenne et tu devrais dormir un peu.

— Et si nous prenions un verre au lieu de dormir ? proposa-t-il. Qu'est-ce que je peux t'offrir ?

— Est-ce que ça fait trop britannique si je dis « un thé » ? demanda Hailey.

Gio éclata de rire, puis fit signe à un membre d'équipage et commanda leurs boissons.

— Si tu me parlais un peu de cette crise que traverse le pays ? suggéra-t-elle quelques instants plus tard en se servant un peu de thé. Je veux savoir à quoi m'attendre.

Gio se passa une main dans les cheveux.

Hailey le regarda avec inquiétude.

— C'est si grave que ça ? demanda-t-elle.

— Non, ce n'est pas le bon mot, répondit-il, mais ma famille est… compliquée. Je ne suis pas seulement un fils pour eux, mais aussi une sorte d'associé dans leur entreprise. Et c'est cela qui dicte nos rapports.

— C'est pour ça aussi qu'ils pensent avoir le droit de choisir qui tu vas épouser ? demanda Hailey, avant de prendre une gorgée.

— Je ne dirais pas cela ainsi. Je pense qu'ils souhaitent me voir assumer certaines responsabilités avant de prendre de grandes décisions dans ma vie.

— Et c'est pour ça qu'il faut s'attendre à un accueil glacial ?

Il haussa les épaules.

— Je ne sais pas. Peut-être.

Elle l'observa attentivement tandis qu'il buvait une nouvelle gorgée, avant de poser sa tête sur l'appuie-tête et de fermer les yeux.

— Il n'est pas trop tard pour changer d'avis si tu as des doutes, lui dit-elle, plus préoccupée par la tension qu'elle lisait sur son visage que par leurs projets d'avenir.

— Mais... tu es dans l'avion, dit Gio en ouvrant les yeux.

— Nous ne sommes pas obligés de nous marier juste parce que nous avons partagé un jet privé ! répliqua-t-elle.

Elle fut soulagée de voir le coin de ses lèvres s'arrondir un peu.

— Je n'ai pas de doutes, dit Gio en se penchant pour poser la main sur la sienne. Je sais que nous faisons ce qu'il faut. Mais je sais aussi qu'il va falloir se montrer convaincants pour que mes parents voient les choses de la même façon.

Nous faisons ce qu'il faut.

Hailey se répétait ces mots pendant que l'avion roulait sur la piste. Pourquoi lui faisaient-ils aussi mal, alors qu'ils ne faisaient que refléter la réalité ? C'est vrai... Tout cela serait plus romantique s'ils étaient amoureux l'un de l'autre. Mais elle ne croyait pas vraiment aux contes de fées, même si elle ne pouvait s'empêcher d'espérer. Cette union avait pour but de donner à son enfant le meilleur départ possible dans la vie. Cela n'avait rien à voir avec ce qu'elle avait ressenti cette nuit-là avec Gio, ni avec la sensation de sa peau contre la sienne, en cet instant...

Elle retira sa main comme si elle s'était brûlée, puis s'adossa à son tour à son siège et ferma les yeux.

Lorsqu'elle les rouvrit, Gio la fixait d'un regard sévère.

— Va te coucher, tu seras mieux, dit-il avant de l'aider à se lever.

Elle n'aurait pas dû céder, mais elle soupira de bien-être à l'idée de se glisser entre ces draps immaculés et de plonger dans un sommeil réparateur. Si elle devait rencontrer sa belle-famille hostile demain, elle devait être parfaitement reposée.

— D'accord. Tu as raison, concéda-t-elle. Je ne savais pas que faire grandir un bébé demandait autant d'énergie.

Elle prit la main de Gio qui lui dit :

— Je vais te montrer la cabine.

Elle le suivit jusqu'à la petite chambre, où il commença à retirer les coussins du lit.

— La cabine de douche est juste là, dit-il en indiquant une porte coulissante.

Elle découvrit un espace petit mais impeccablement aménagé, avec une douche, des serviettes monogrammées très moelleuses et un comptoir rempli d'articles de toilette de luxe.

Lorsqu'elle se retourna, Gio était toujours là.

— Merci. Peux-tu demander à quelqu'un de me réveiller avant l'atterrissage ? J'ai besoin d'un briefing un peu plus détaillé avant de rencontrer ta famille...

Gio sourit.

— Dors un peu et ne t'inquiète surtout pas pour ma famille. Je m'en occupe.

Alors qu'elle se glissait entre les draps, Gio tourna les talons.

— Et toi, où vas-tu dormir ? demanda-t-elle en réprimant un bâillement.

— Ne t'inquiète pas pour moi.

— Allonge-toi près de moi. Le lit est suffisamment grand pour nous deux.

Comme il la regardait sans bouger, elle se sentit rougir. Avait-elle commis une erreur ? Elle tenta de se rattraper.

— Nous allons bientôt annoncer notre mariage, lui rappela-t-elle, et nous serons bientôt un couple officiel. Les gens vont trouver étrange que nous nous comportions comme des étrangers l'un envers l'autre… et que nous dormions dans des lits séparés.

— Au palais…

— Nous ne sommes pas au palais, coupa-t-elle. S'il y avait un autre lit dans cet avion, ce serait différent, mais… Bon, je vais dormir, maintenant. Fais comme tu veux.

Elle tourna le dos à la porte et posa sa joue contre le coton frais. Quelques instants plus tard, Gio s'allongeait près d'elle.

Réveillé en sursaut, Gio eut quelques secondes d'hésitation. Où était-il ? Ce n'était pas sa chambre au palais. Pas non plus la suite de l'hôtel, à New York. Quand il perçut un léger soupir, il se retourna. Hailey fixait sur lui ses beaux yeux verts.

— Nous atterrirons dans un quart d'heure, Votre Altesse Royale, annonça l'hôtesse à travers la porte.

Il se souvenait, maintenant : il avait demandé à être réveillé avant l'atterrissage, puis s'était endormi à côté de Hailey !

Il se redressa à la hâte, et rabattit la couverture, tandis que Hailey disait :

— Je vais dans la salle de bains...

Au moment de quitter l'avion, Gio sentit qu'Hailey était anxieuse. Il posa la main sur son bras.

— J'ai un peu le trac, admit-elle.

Mais sur son visage, la nervosité fit aussitôt place à une détermination farouche.

— Il n'y a que nous ici, expliqua-t-il. Il s'agit d'un aérodrome privé et j'ai demandé que personne ne vienne nous accueillir. Ma famille nous attendra au palais.

Elle laissa échapper un soupir de soulagement.

— Combien de temps faut-il pour se rendre au palais ?

— Vingt minutes.

— Il nous reste vingt minutes de tranquillité, alors...

— Désolé, mais tu vas devoir les passer à l'arrière d'une voiture avec moi.

Elle lui lança un regard brûlant.

— Il y a pire, tu sais...

Il lui sourit. Il fallait vraiment qu'ils cessent de flirter ainsi. Il ne voulait pas en venir à désirer quelque chose qui lui demeurerait interdit. Il avait appris dans son enfance à gérer ses attentes et à s'assurer de ne pas donner plus qu'il ne pouvait espérer recevoir en retour.

Sur le siège arrière de la voiture, Hailey se tordait nerveusement les doigts, jusqu'à ce qu'il posât la main sur la sienne et murmure :

— Tout ira bien, ne t'inquiète pas...

Elle lui adressa un faible sourire.

— Tu as changé d'avis !

— Je n'ai jamais dit que ça n'irait pas. Ça pourrait être un peu... gênant, au début, je te l'accorde. Mais cela sera passager, je te le promets.

Quand ils franchirent les portes du palais, Gio salua le garde d'un signe de tête et guida Hailey directement dans le grand salon, où ses parents les attendaient.

— Mère !

Gio s'avança vers la reine Lucia, tandis que Hailey restait en retrait.

— Giovanni, tu es de retour ! répondit cette femme élégante, toute de noir vêtue, sans bouger du fauteuil où elle était assise, les mains fermement croisées sur ses genoux. Et tu as une invitée...

Le cœur battant la chamade, Hailey tourna vers Gio un regard interrogateur. Il ne leur avait pas *dit* qu'elle venait ?

Une simple pression de sa main dans son dos bloqua les mots qu'elle s'apprêtait à prononcer. Il ne lui avait donné aucune raison de ne pas lui faire confiance. S'il n'avait pas prévenu ses parents, elle était sûre qu'il avait ses raisons.

La reine Lucia se leva. Vêtue d'un élégant pantalon cigarette noir et d'un pull ajusté, les cheveux relevés en un chignon à faire pâlir n'importe quel coiffeur parisien, elle avait à peine l'âge d'être la mère de Gio. Lorsqu'elle arriva à leur hauteur, Gio l'embrassa sur les deux joues.

— Mère, dit-il, je vous présente Hailey Thomas.

Hailey lutta contre l'envie soudaine de faire une révérence.

— Enchantée, dit simplement la reine.

— Enchantée, Votre Majesté.

— Tu aurais dû nous dire que tu venais avec une amie ! ajouta Lucia à l'adresse de son fils. Je vais demander à la gouvernante de faire préparer une chambre.

— Ce n'est pas nécessaire. Hailey partagera ma chambre.

Il était pour le moins direct, songea Hailey en essayant de ne pas laisser transparaître sa surprise sur son visage.

Les yeux de la reine s'écarquillèrent un instant, mais elle se recomposa aussitôt un visage neutre.

— Bien sûr. Venez vous asseoir près du feu ! proposa-t-elle tandis qu'une femme de chambre les débarrassait de leurs manteaux et que leurs bagages disparaissaient à l'étage.

Une fois assis sur le canapé, Gio attira doucement Hailey contre lui.

— Père est là ? demanda-t-il.

Un instant plus tard, le roi Leonardo apparut sur le seuil, et Hailey vit Gio se raidir. Il fit mine de se lever jusqu'à ce que son père lui fasse signe de rester assis et prenne place en face de lui.

Une fois les présentations faites, le roi prit la parole.

— Eh bien, Giovanni, tu nous as dit au téléphone que tu voulais nous parler en personne. De quoi s'agit-il donc ?

Le couple royal lança un regard interrogateur à Hailey, qui sentit la main de Gio serrer la sienne.

— Hailey et moi... allons avoir un enfant, déclara-t-il sans la moindre émotion. Nous sommes également fiancés. Notre mariage aura lieu le soir du nouvel an.

Un lourd silence suivit cette déclaration pour le moins

abrupte, puis la reine s'éclaircit la gorge tandis que le roi rougissait, visiblement embarrassé.

— Viens-tu nous demander notre permission ou notre bénédiction ? finit par dire la reine Lucia.

— Ni l'un ni l'autre, répondit Gio d'un ton aussi froid que sa mère. Je vous informe de nos projets. Je suis un adulte, je n'ai pas besoin de votre permission pour me marier.

— Tu es aussi le prince héritier d'Adria, ne l'oublie pas ! rétorqua son père.

Hailey dut lutter contre l'envie de lever les yeux au ciel. Croyait-il que Gio pouvait l'avoir oublié ?

Pourtant, le roi poursuivit.

— Tu as des responsabilités et à ce titre, ton mariage nous concerne, ta mère, moi, et nos conseillers. Qui d'autre est au courant ?

Hailey ne put s'empêcher de remarquer que Gio lui avait lui aussi posé cette question lorsqu'elle lui avait annoncé sa grossesse, et se demanda si Gio s'en était rendu compte.

Celui-ci avait visiblement le plus grand mal à garder son calme lorsqu'il répliqua :

— Je pense que nous ne nous sommes pas compris, père. Notre mariage aura lieu dans deux semaines, et notre bébé naîtra en été. Je vous en informe par courtoisie, rien de plus.

Sans préambule, la reine lança :

— Es-tu bien sûr qu'elle est enceinte ? Et que tu es bien le père de l'enfant ?

Elle avait parlé comme si Hailey n'était pas là, et celle-ci sentit Gio se crisper tout contre elle.

Après avoir marqué une pause, il répondit d'un ton sec :

— Je n'ai aucun doute à ce sujet.

— Très bien, conclut la reine Lucia, avant de se lever et de prendre congé d'un léger signe de tête. Dans ce cas, il n'y a plus rien à dire pour l'instant.

Elle avait quitté la pièce avant qu'Hailey n'ait pu ajouter un seul mot.

Quand Hailey se tourna vers Gio, elle remarqua que son visage n'était qu'un masque las et indifférent.

Le roi imita bientôt sa femme, les laissant tous deux assis près de la cheminée. Le feu crépitait joyeusement, mais l'ambiance était glaciale.

— Eh bien, ça s'est bien passé ! dit Hailey avec un sourire ironique, en lâchant la main de Gio.

Gio renversa la tête contre le dossier du canapé et se passa une main sur le visage.

— Je suis vraiment désolé de t'avoir fait subir ça, dit-il.

— Je m'y attendais un peu, répondit Hailey avec douceur. Je suis désolée qu'ils t'aient parlé sur ce ton. Est-ce que ça va ?

— Oui. Je ne suis pas vraiment surpris.

— Que faire, maintenant ? demanda-t-elle.

— Rien de plus, sinon organiser notre mariage, répondit Gio en posant ses coudes sur ses genoux.

— Sans la bénédiction de tes parents ?

Il haussa les épaules.

— Je peux m'en passer. Tâchons de tirer le meilleur parti de la situation.

— Tirer le meilleur parti ? répéta-t-elle. Plus facile à dire qu'à faire, j'ai l'impression !

Il posa sur elle un regard aigu.

— Il ne s'agit pas d'un mariage de conte de fées, Hailey. Nous faisons ça pour le bébé, je te rappelle. Je pensais que c'était ce que tu voulais.

Hailey refoula les sanglots qui lui nouaient la gorge.

— Oui, en effet, j'ai accepté.

Gio secoua la tête.

— Je suis désolé. Je sais que ce n'est pas suffisant, mais...

Elle lui tendit la main.

— Il n'est pas trop tard pour changer d'avis, souligna-t-elle, même si cela lui paraissait de moins en moins vrai.

— Je pourrais te dire la même chose, répondit Gio.

Elle posa sa main sur son ventre et leva les yeux vers lui.

— Il est trop tard pour moi. Comme je te l'ai dit, je veux offrir une famille digne de ce nom à ce bébé, et faire en sorte que... ça marche.

— Même s'il s'agit de *ma* famille ?

— On ne choisit pas sa famille.

— C'est tout à fait vrai, hélas ! dit Gio avec un sourire amer. Je ne changerai pas d'avis, moi non plus...

7

Gio regarda Hailey fermer les yeux, émerveillé de la voir sombrer aussi facilement dans le sommeil. Malgré la fatigue qui le terrassait, il resta longtemps allongé dans le noir sans parvenir à s'endormir. Il aurait aimé mettre cela sur le compte du changement de fuseau horaire, mais il savait qu'il s'agissait d'autre chose.

Le fait d'être allongé tout près de la femme qui hantait ses pensées depuis l'unique nuit qu'ils avaient passée ensemble le troublait. Elle portait son enfant et dans deux semaines à peine, elle deviendrait *sa* femme !

Mais que signifiait cette union, pour eux ? Ce n'était pas un mariage d'amour, bien sûr. Il savait qu'il ne fallait pas s'attendre à ce qu'un tel sentiment naisse de ce qui n'était qu'un simple arrangement. Mais de l'amitié, peut-être ? Du respect. Cela pourrait suffire, se dit-il.

Il n'osait même pas lui poser la question de savoir ce qu'il adviendrait de leur relation physique, bien qu'il en meure d'envie. Hailey voudrait-elle la reprendre, un jour ? Il savait qu'elle était attirée par lui, et ils avaient pris beaucoup de plaisir, ensemble.

Était-ce si compliqué que cela, de coucher avec sa

femme ? Pas forcément, décida-t-il, à condition d'être capable, dans son cas, de mettre ses sentiments de côté, ce qu'il n'était pas sûr de pouvoir faire.

Il se réveilla tout contre Hailey, qui n'avait pas bougé d'un pouce depuis qu'elle avait fermé les yeux. Il se détourna lentement d'elle, attrapa son téléphone pour consulter l'heure, puis se glissa hors du lit pour la laisser dormir. Elle avait l'air fatiguée, et les ombres sous ses yeux n'étaient pas tout à fait effacées. De plus, mieux valait qu'elle n'entende pas ce que ses parents ne manqueraient pas de lui dire.

Il les trouva à la table de la salle à manger, assis l'un en face de l'autre, chacun sirotant un café et lisant son journal en silence. Sa mère leva les yeux lorsqu'il entra dans la pièce, puis posa son journal.

— Tu es seul ? demanda-t-elle.

— Oui, dit Gio. Je ne voulais pas réveiller Hailey.

— Bien. Il faut que nous parlions avant que les choses n'aillent plus loin.

Gio acquiesça et prit place à côté de son père. Il était inutile d'essayer d'échapper à cette conversation. Peut-être qu'une fois qu'ils auraient exprimé leurs inquiétudes, ils le laisseraient en paix ?

— Je sais que tu penses te comporter en homme d'honneur en épousant cette jeune femme, commença sa mère, et je le respecte. Mais je pense que ce qui serait le mieux pour toute la famille, c'est qu'elle retourne aux États-Unis. Cet enfant né hors mariage et à l'étranger ne pourra pas prétendre au trône, et je suis sûre que nous pourrons te trouver une épouse plus convenable, qui se montrera compréhensive. Tu pourras toujours subvenir aux besoins financiers de l'enfant, bien sûr.

— *Cette jeune femme ? L'enfant ?* répéta Gio, furieux. C'est de *mon* enfant que vous parlez, et de ma future épouse. S'ils retournent en Amérique, alors moi aussi !

— Ne sois pas ridicule, Giovanni ! dit sa mère d'un ton dédaigneux, en faisant signe à un domestique de lui servir une autre tasse de café. Le prince héritier d'Adria ne peut pas simplement vivre dans un autre pays. Ta place est ici, auprès de ton peuple.

Gio regarda sa mère droit dans les yeux.

— Dans ce cas, je renonce au trône, dit-il avec le plus grand calme. S'il faut choisir, alors je choisis sans hésiter une vie normale. Une famille normale.

— Tu vas un peu vite en besogne ! lança sa mère, en le regardant par-dessus le bord de sa tasse.

— C'est toi qui me pousses à agir ainsi. Je vais être très clair avec vous : soit vous accueillez Hailey et vous clamez au monde entier votre joie de nous voir bientôt convoler en justes noces et fonder une famille, soit je repars avec elle. C'est aussi simple que cela.

Ses parents le regardèrent tous deux en silence tandis qu'il se versait une tasse de café d'une main qui ne tremblait pas. Puis il attendit.

Il ne ressentait aucune pression car, très honnêtement, il se moquait éperdument de ce qu'ils pouvaient dire. Ce serait même un soulagement s'ils le renvoyaient et ne voulaient plus jamais le revoir. Mais il savait que cela n'arriverait pas. Il était leur seul enfant, le seul héritier du royaume, et ils ne risquaient pas de compromettre leur succession.

C'est son père qui rompit le silence. Prenant une gorgée de son café, il déclara :

— Si c'est la femme que tu as choisie, tu as bien sûr notre soutien, mon fils.

C'était classique. Il voulait lui donner l'impression que c'était lui qui avait provoqué le conflit.

— Maman ?

La reine leva les yeux vers lui, feignant la surprise.

— Bien sûr que je te soutiendrai, dit-elle en haussant les sourcils. Si tu es certain de ne pas faire d'erreur.

C'était le mieux qu'il puisse espérer, songea-t-il, et il était certain de prendre la bonne décision.

— Merveilleux, répondit-il, sarcastique. Nous allons commencer à nous organiser dès aujourd'hui.

— Nous attendrons que ton assistant nous dise ce que l'on attend de nous, ajouta sa mère.

En la voyant reprendre son journal, il sut qu'il était congédié. Il prit un croissant dans le panier placé au centre de la table, l'enveloppa dans une serviette et quitta la pièce, sa tasse de café à la main.

Hailey venait à peine de se réveiller lorsque Gio entra dans la chambre et lui tendit le croissant.

— C'est pour moi ?

— Bien sûr ? Je peux te commander autre chose, si tu préfères.

Hailey se redressa et prit la pâtisserie. Elle était affamée, réalisa-t-elle.

— Non, merci, c'est parfait. Le café est pour moi, aussi ?

Il poussa la tasse vers elle.

— Si cela ne te dérange pas de partager.

— Nous avons partagé plus que cela.

Elle sourit, puis se reprit.

— Désolée... ce n'était pas très délicat.

Mais Gio sourit et s'assit au bord du lit.

— Ne t'excuse pas. J'ai plutôt aimé les choses que nous avons partagées, tu sais.

— Tu as parlé à tes parents, n'est-ce pas ?

— Comment as-tu deviné ?

— Cela se voit sur ta tête.

Les rides sur son front, les muscles tendus de sa mâchoire, son dos droit comme un I...

— Et comment ça s'est passé ? demanda-t-elle.

— Aussi bien qu'on pouvait l'espérer, répondit Gio, et elle se demanda s'il pensait vraiment qu'elle s'en tiendrait là.

— C'était horrible, alors.

Gio acquiesça.

— J'ai menacé de renoncer à mon titre et de quitter le pays. Et ça a marché.

Hailey se figea, sa tasse en suspens. Il ne pouvait pas sérieusement faire ça pour elle. Enfin... pour le bébé.

— Tu n'es pas sérieux ? dit-elle.

— Si.

Pour la première fois, elle le vit se détendre légèrement.

— Mais... pourquoi ?

— Parce que je n'ai que faire d'une famille qui n'accueille pas ma femme et mon enfant.

Touchée au cœur, elle le regarda.

— Et qu'ont-ils dit, exactement ?

— Que j'avais été imprudent.

— Eh bien, ils n'ont pas tout à fait tort !

— Je le pense vraiment, répliqua Gio d'un ton grave. Je déménagerai à New York, si c'est ce que tu veux. Si tu veux une vie normale pour ce bébé. Ma famille est loin d'être idéale.

— ... mais c'est ta famille, acheva-t-elle. Et celle de notre bébé, aussi. Je ne veux pas qu'il grandisse loin d'eux.

— Le bébé fait aussi partie de *ta* famille, répliqua Gio.

— Eh bien, justement, dit-elle en essayant de garder un ton léger, je n'ai pas vraiment de famille.

Gio lui prit la main.

— Je suis désolé. Tu veux m'en dire plus ?

— Il n'y a pas grand-chose à dire. Mais je suppose que je dois te raconter toute l'histoire, car il faut réfléchir à la manière de gérer les journalistes. Je ne connais pas mes parents biologiques, qui m'ont fait adopter quand j'étais bébé. Ensuite, il y a eu les foyers pour enfants et des familles d'accueil...

— Je suis désolé, dit Gio avec sincérité. Tu as dû te sentir très seule, dans ton enfance et même ton adolescence.

Hailey haussa les épaules.

— C'est ainsi, mais je ne veux pas que notre bébé soit... sans racines, comme je le suis.

— Et c'est pour cela que tu as accepté de m'épouser, dit Gio.

Soudain, elle ne put s'empêcher de se sentir coupable.

— Je ne veux pas que tu coupes les ponts avec ta famille juste parce qu'ils ne m'aiment pas.

Gio secoua la tête.

— Ce n'est pas qu'ils ne t'aiment pas. Ils ne te connaissent pas. Ils ont juste leurs propres idées sur ce que doit être mon avenir, et ils croient qu'ils peuvent décider à ma place. Je ne veux pas que tu t'inquiètes pour moi.

— C'est le cas, pourtant.

Elle posa doucement sa paume sur sa joue.

— Je me soucie beaucoup de toi, Gio.

Il eut un sourire triste.

— Bien sûr. Pour le bien du bébé. Je comprends, tu sais.

— Non, ce n'est pas le cas. Je pense à toi, à ton bien-être. Je n'aime pas te voir souffrir.

Il tourna son visage dans sa main, qu'il effleura des lèvres. Puis, avec un soupir, il se dégagea et mêla ses doigts aux siens, sur la couverture.

— Je ne suis pas en danger. Et tu n'as pas besoin de me protéger.

— Quelle heure est-il ? demanda-t-elle pour changer de sujet.

— Presque 10 heures. J'ai rendez-vous avec mon assistant dans une heure pour commencer à organiser le mariage. En attendant, qu'aimerais-tu faire ? Visiter le palais ? Prendre un petit déjeuner plus copieux ? Ou poursuivre ta grasse matinée ?

— Que dirais-tu d'une autre tasse de café et d'une visite du palais ?

— Parfait. Je vais faire monter un plateau et te laisser t'habiller. Appelle-moi quand tu seras prête.

Alors qu'il s'apprêtait à se lever, elle l'arrêta.

— Gio... Comment s'habille-t-on pour visiter un palais ?

Il sourit.

— Des vêtements dans lesquels tu te sens à l'aise seront parfaits.

Lorsqu'elle sortit de la chambre, vêtue d'un jean noir et du pull en cachemire qu'elle lui avait « emprunté » au lendemain de leur nuit d'amour, Gio l'attendait dans le salon de leur suite. Il sourit en la voyant, et elle comprit qu'il avait reconnu son vêtement.

Pendant la visite le palais, elle posa des questions sur les portraits accrochés aux murs dans leurs cadres dorés. Elle le taquina gentiment en lui demandant auquel de ses ancêtres il ressemblait le plus, ce qui le fit sourire.

— Quelle salle de bal préfères-tu pour notre mariage ? demanda Gio. La salle « Or » ou la salle « Cristal » ? Tout ce que votre cœur désire, princesse...

— Je croyais que tu voulais que les choses restent simples, répondit Hailey avec un rire surpris.

— Oui, mais je me rends compte que je ne t'ai pas demandé ce que tu souhaitais, ce qui est impardonnable. Si tu veux une salle de bal, bien sûr que tu peux l'avoir !

Elle secoua la tête.

— Je prendrai la plus petite des deux. Je n'arriverai pas à la remplir, de toute façon !

— Si tu souhaites inviter quelqu'un, tu peux le faire. Je sais que le délai est court, mais l'un des avantages de se marier dans ma famille, c'est que nous maîtrisons la logistique des voyages aériens.

Elle secoua la tête.

— Il n'y a que Gracie que j'aimerais inviter, mais je

ne peux pas lui demander de bouleverser ses projets de vacances.

Gio fronça les sourcils.

— J'ai plutôt l'impression qu'elle ne voudrait manquer cet événement pour rien au monde... Allons voir le petit salon ! Il est magnifique et très ensoleillé à cette époque de l'année. Je pense qu'il te plaira.

Il la conduisit à travers un dédale de couloirs, puis la fit entrer dans une petite pièce aux murs tapissés de soie crème, où les très hautes fenêtres laissaient pénétrer un flot de lumière. Quelques fauteuils étaient disposés autour d'un feu de cheminée et un joli bureau donnait sur les fenêtres au-delà desquels s'étendaient des jardins à la française enneigés.

— Qu'en penses-tu ? demanda Gio, les mains croisées dans le dos.

— Je pense que c'est magnifique, déclara Hailey.

Quel autre mot pourrait décrire un endroit aussi féerique ?

Soudain, elle se rendit compte qu'elle ignorait tout de la façon dont se déroulaient les mariages princiers.

— Combien de personnes seront présentes à ton avis ? demanda-t-elle.

— C'est à nous de le définir. Mes parents s'attendent à ce que certains dignitaires figurent sur la liste des invités. J'ai un nombre incalculable de cousins. Je n'inviterai pas tout le monde...

— Si cela peut faire plaisir à tes parents, fais ce que tu juges bon de faire.

Il acquiesça d'un sourire.

— J'ai aussi quelques amis d'enfance et d'université, que j'aimerais voir ce jour-là. Mais le moment est mal choisi, et beaucoup d'entre eux ne pourront peut-être pas venir. Ce n'est pas grave, j'aime bien l'idée d'une cérémonie plus... intime.

— Je suis d'accord.

Elle se tourna pour regarder par la fenêtre et son épaule heurta celle de Gio. Elle aurait dû s'éloigner de lui, mais sa présence à ses côtés était réconfortante et en ce moment elle avait grand besoin d'être rassurée.

— J'ai hâte de voir ces jardins en été, dit-elle. Ils doivent être spectaculaires !

— Rappelle-moi de te présenter au jardinier, dit Gio en se penchant vers elle. Je suis sûr que vous aurez beaucoup de choses à vous dire.

— Oui, bien sûr...

L'évocation du jardinier lui rappela New York, le marché aux fleurs et tout ce qu'elle avait quitté. Quand retrouverait-elle sa vie d'avant ?

— Tu as froid ?

En la voyant frissonner, Gio fit mine de passer un bras autour de ses épaules pour l'attirer à lui, mais elle s'écarta doucement de lui.

— Je me demandais juste comment mon équipe s'en sortait sans moi. J'ai beaucoup de décisions à prendre quant à l'avenir de mon entreprise et je ne vois pas comment je pourrais continuer à la diriger si je vis ici.

— Je suis désolé que tu aies dû abandonner tout cela pour venir à Adria, mais...

— Tu n'as pas besoin de t'excuser, coupa-t-elle. C'était

ma décision, et je l'ai prise en toute connaissance de cause. C'est juste que… je n'en sais pas assez sur ce que sera ma vie ici pour préparer la suite. Je n'ai pas de contacts. Pas de clients. Pas de fournisseurs.

— Tu as du talent et de l'expérience, et où que tu sois tu pourras les utiliser. La maison royale est à ta disposition.

Gio s'approcha à son tour de la fenêtre et dit doucement :

— Chaque chose en son temps. Pour l'instant, il s'agit de réfléchir au mariage, à l'endroit où nous voulons passer Noël, et de veiller à ta santé. Aimerais-tu rencontrer le médecin du palais ?

— Nous pouvons passer Noël où nous voulons ?

— En partie, oui. Je possède un chalet à la montagne. Nous pourrions nous échapper, juste tous les deux. Laisser derrière nous toutes les mondanités du palais.

Comme c'était tentant ! Néanmoins, elle n'était pas sûre qu'il faille céder à la tentation.

— Ce n'est pas exactement ce qui va m'attirer les faveurs de ta famille, répondit-elle : te voler à eux pour mon premier Noël à Adria !

Gio haussa les épaules.

— Je me moque de ce qu'ils pensent !

— Pas moi, répondit-elle. Je vais devoir vivre avec l'opinion qu'ils ont de moi, et elle n'est pas très favorable, pour l'instant ! Je ne veux pas que tu me protèges contre eux.

— Alors nous passerons Noël ici, décréta-t-il. Mais crois-moi : dans une semaine, tu me supplieras de faire une pause !

8

Les dix jours qui la séparaient de Noël s'étiraient devant elle comme une éternité, et elle se demandait comment elle allait occuper le temps qui lui restait. Ce « petit » mariage avec seulement une poignée d'invités exigeait une organisation digne de la cérémonie du siècle ! Gio et elle avaient beau dire à ses parents et à leur équipe qu'ils n'avaient pas besoin de valider tous les détails, les questions continuaient d'affluer. Sur les menus, les vœux, la musique, les bougies... Pourtant, le seul domaine dans lequel Hailey était vraiment compétente était, bien sûr, les fleurs.

Elle s'était réunie avec le jardinier en chef et le fleuriste du palais, discutant de ce qui poussait dans les serres du palais, des compositions florales déjà prévues pour les fêtes et qui pourraient convenir à un mariage.

Elle avait arpenté les bois alentour pour indiquer aux employés les feuillages à cueillir pour confectionner les guirlandes qui seraient disposées dans le petit salon, puis autour de l'escalier monumental où la reine désirait que des photos officielles soient prises. Ils avaient au moins réussi à éviter une conférence de presse le jour même du mariage !

Elle avait aussi pu parler à son gynécologue new-yorkais par visioconférence et avait consulté un spécialiste local qu'elle et Gio avaient choisi, afin d'assurer le suivi de sa grossesse.

Elle se tenait à présent devant le portant de robes que la secrétaire privée de Gio avait envoyé pour qu'elle fasse des essayages. C'était la veille de Noël, il neigeait, et il faisait à peine plus chaud dans les vastes salles d'apparat du palais que dehors. Comment allait-elle pouvoir choisir sa robe, en sachant qu'elle serait photographiée et diffusée dans le monde entier ? Cette tenue serait la seule chose que le public saurait d'elle, et elle se devait de lui apporter un soin tout particulier.

Elle passa en revue les différentes créations, certaines sages, d'autres plus audacieuses, et arrêta son choix sur une robe ivoire dessinée par un jeune créateur originaire d'Adria. il s'agissait d'une pièce unique, à la fois élégante et originale. Elle passa la robe et trouva qu'elle lui allait bien au teint. De plus, elle dissimulait habilement son ventre qui commençait à peine à s'arrondir.

Elle tourna la tête lorsqu'on frappa à la porte et interrogea du regard Gio, qui venait lui prêter main-forte.

— C'est magnifique, dit-il. C'est la robe que tu as choisie ?

— Elle me plaît, en tout cas. Qu'est-ce que tu en penses ?

Il sourit.

— Je pense qu'elle te va à ravir !

Elle leva les yeux au ciel.

— Je sais que tu connais mieux la presse que cela. Cela envoie-t-il le bon message ?

— Cela envoie le message que tu es belle, intelligente et épanouie !

— Quel flatteur !

— Heureusement que je sais parler aux femmes, rétorqua-t-il. Sinon, comment aurais-je pu te convaincre de m'épouser ?

Hailey ne put retenir un rire amusé.

— Tu veux vraiment que je réponde à cette question ?

Il secoua la tête en souriant.

— Non. Je veux que tu viennes ici et que tu regardes ça, dit-il en prenant place sur une banquette avant de tapoter le coussin, près de lui.

Quand elle l'eut rejoint, il sortit de sa poche un petit écrin en cuir, et elle retint son souffle. C'était le moment où elle était censée se pâmer ! songea-t-elle avec une ironie mêlée d'émotion. C'était peut-être un cliché, mais elle ne pouvait s'empêcher d'être bouleversée à l'idée de le voir mettre un genou en terre...

— Si tu veux un bijou particulier, dit-il, tu n'as qu'à le dire et je m'efforcerai de te satisfaire. Mais j'ai vu cette bague dans la collection familiale et elle m'a semblé parfaite pour toi...

En levant les yeux, elle lut l'espoir dans son regard, et prit l'écrin dans sa main tendue.

— Il ne fallait pas...

— Nous sommes sur le point d'annoncer nos fiançailles, Hailey, et tu as absolument besoin d'une bague, je t'assure ! Ceci est un bijou de famille... et cela tombe bien, car tu vas entrer dans ma famille.

Elle secoua la tête. *Comment lui faire comprendre ce qu'elle ressentait ?*

— Et.. qu'en est-il de mon passé ? demanda-t-elle, soucieuse.

— Comment ça ?

— La presse va s'en donner à cœur joie ! devina-t-elle. Ils vont fouiller partout, retrouver des enfants avec lesquels j'ai vécu en foyer. Mes parents biologiques, où qu'ils soient. Mes parents adoptifs, aussi. Je sais que j'aurais déjà dû le leur dire. Mais il est trop tard pour une carte de Noël et cela fait plus d'un an que je n'ai pas décroché le téléphone pour les appeler. Je ne peux pas...

Il lui saisit les mains et les serra dans les siennes, y emprisonnant l'écrin.

— Cette bague n'y changera rien, de toute façon. Nous avons parlé de ton passé à notre service de presse. Ils s'en occupent. Veux-tu ajouter quelque chose ?

— Non, ce n'est pas ce que je veux dire. C'est juste que... je ne suis pas le genre de personnes qui est censée porter un bijou issu de la collection royale, n'est-ce pas ?

— Tu es la femme que je vais épouser, et c'est précisément pour cela que tu es la femme idéale pour porter cette bague.

— C'est précisément le problème, Gio. Tu m'épouses, mais je ne suis pas le genre de femmes que tu *devrais* épouser. Et tu sais que ta famille désapprouve notre union, dans le fond.

— Tu es la femme que je *veux* épouser, affirma Gio. Cela

devrait compter plus que ce que pensent mes parents, non ? Ce que nous voulons n'est-il pas le plus important ?

C'était si facile pour lui de dire cela ! Elle ne connaissait pas les usages de son milieu, et s'il pensait que cela n'avait pas d'importance, il était soit obtus, soit naïf.

— Au-delà de cette bague, mon comportement aura de l'importance pour les journalistes qui traqueront chaque erreur, et le moindre faux pas. Je ne veux pas que tes amis et ta famille se moquent de moi dans mon dos !

Gio se passa la main dans les cheveux, signe qu'il était à bout de patience.

— Hailey, as-tu oublié comment nous nous sommes rencontrés ? Tu connais mes amis. Et tu sais que Sebastian t'adore !

— Sebastian n'est pas ta mère, fit-elle remarquer.

— Pourquoi l'approbation de ma mère est-elle si importante à tes yeux ?

— Parce que c'est ta mère, Gio, et la *reine* de ce pays, de surcroît.

— Tu as des doutes, c'est ça ?

— Non, je n'ai pas de doutes.

Comment aurait-elle pu avoir des doutes, alors qu'elle n'épousait pas Gio pour elle-même, mais pour leur bébé, et uniquement pour lui ?

— Je commence tout juste à mesurer ce que j'ai laissé derrière moi, ajouta-t-elle en soupirant.

Car si elle n'envisageait pas de faire machine arrière, cela ne signifiait pas pour autant qu'elle était aveugle aux défis qui l'attendaient.

— Il ne s'agit pas de sentiments, Gio. Il s'agit de faits.

Et il y a un fait dont nous pouvons être certains, c'est que je ne m'adapterai pas à ta famille. Cela ne me fait pas changer d'avis, cependant. Je veux toujours t'épouser, mais je ne suis pas sûre d'être à la hauteur.

— Ma famille n'est pas *notre* famille, dit Gio avec une pointe d'ironie. *Notre* famille, c'est nous trois, et si le fait d'être à Adria te déplaît, alors peut-être devrions-nous réfléchir à nouveau à la possibilité de vivre ailleurs. Ou alors... se demander si m'épouser est la bonne chose à faire.

— Non. Je sais ce que je dois faire et je suis désolée d'hésiter ainsi...

— Hailey, tu n'es pas obligée de faire ce que tu ne veux pas. Je n'ai pas envie d'épouser quelqu'un qui s'engage uniquement parce qu'elle pense qu'elle n'a pas le choix. Je suis peut-être vieux jeu, mais je préfère quelqu'un qui *veut* m'épouser, même si ce n'est pas pour des raisons... romantiques.

Hailey planta ses yeux dans les siens.

— Tu fais ça pour la même raison que moi. Ne prétendons pas que...

Avant qu'elle n'ait pu terminer sa phrase, Gio l'avait attirée à lui et avait glissé ses doigts dans ses cheveux. Elle prit une inspiration, déterminée à terminer sa phrase, mais Gio se pencha et ses lèvres se pressèrent contre les siennes. Instinctivement, elle enroula ses bras autour de son cou, tandis qu'il approfondissait le baiser et enroulait un bras autour de sa taille.

Lorsqu'il s'écarta légèrement d'elle, elle crut que son cœur allait sortir de sa poitrine tant il battait fort. Incapable de prononcer un seul mot, elle leva la tête.

— Je t'épouse parce que j'en ai envie, Hailey, dit-il en guise d'explication. Le fait que tu sois enceinte entre en ligne de compte, mais tu te trompes si tu penses que j'agis uniquement par sens du devoir. Comme je te l'ai déjà expliqué, ce n'est pas du tout le cas.

Perdue, elle le regarda. Si elle se disait qu'ils se mariaient tous les deux pour le bébé, alors elle pouvait se laisser aller à croire que c'était une bonne idée. Mais si leur relation se faisait plus intime, si Gio affirmait qu'il *la voulait*, elle, et pas uniquement son bébé, alors c'était... plus compliqué. Et si par malheur il se lassait d'elle, elle souffrirait le martyre...

— Nous ne sommes pas obligés de nous marier, reprit Gio, d'une voix brisée par l'émotion qu'il avait du mal à contenir. Si j'ai mal interprété les choses et que ce n'est pas ce que tu veux, ou que tu préfères croire que je n'ai plus de désir pour toi depuis cette nuit-là, libre à toi. Mais je ne pouvais pas te laisser formuler ce genre d'hypothèses sans réagir.

— Je comprends, souffla-t-elle, toujours incapable de prendre une décision, quelle qu'elle soit.

D'un côté, il y avait Gio, et le fait qu'elle risquait de mourir de frustration si elle ne cédait pas à la force qui la poussait vers lui. Et d'autre part, il y avait son pauvre cœur meurtri tant de fois qu'elle ne pouvait supporter l'idée de l'exposer à nouveau.

— Alors, demanda gentiment Gio, est-ce ce que tu veux ? Faire comme si rien ne s'était passé entre nous ? Croire que je t'épouse par devoir et rien d'autre ?

— Non, je ne veux pas ça, dit-elle. Mais cela semble beaucoup plus simple que ce que tu suggères.

Il posa son front contre le sien et elle retint son souffle.

— Je suggère que nous fassions un essai, murmura-t-il. Comme un vrai couple, si tu vois ce que je veux dire…

— Oui.

Hailey se serait giflée. Il ne voulait pas parler d'amour, bien sûr, ni même de l'affection qu'il ressentait pour elle, mais de l'attirance physique qui les poussait l'un vers l'autre. Gio avait clairement indiqué dès le départ qu'il s'agissait de sexe, et c'était très bien ainsi. C'était simple : il ne s'agissait pas d'amour entre eux, et cela ne serait jamais le cas. Elle n'avait pas à s'inquiéter de savoir si Gio allait tomber amoureux d'elle, car cela n'arriverait pas. Mais l'attirance, elle, était mutuelle, et s'imposait à eux.

Ses mains s'étaient posées sur la poitrine de Gio, et elle les fit glisser jusqu'à ses hanches. Elle se cambra lorsqu'il raffermit sa prise sur ses reins.

— Résister demande une énergie considérable, avoua-t-elle, comme si sa réaction à son baiser n'avait pas été parfaitement éloquente. Et au fur et à mesure que la grossesse avance, je ne pense pas avoir beaucoup d'énergie à dépenser. C'est donc tout à fait logique que…

Gio haussa un sourcil.

— Tout à fait logique que quoi ?

Elle déglutit avec peine avant de bredouiller :

— Eh bien, que nous nous rapprochions… physiquement, sans trop réfléchir.

Gio laissa échapper un petit rire, puis lui entoura le visage de ses mains pour l'obliger à le regarder.

— Es-tu sûre que « logique » soit le bon mot ? souffla-t-il.

Elle tenta de dissimuler un sourire. Inutile de flatter son ego en reconnaissant que la force qui la poussait vers lui était irrésistible, et qu'elle ne demandait pas mieux que d'y céder.

Pour toute réponse, elle laissa échapper un soupir langoureux et lui offrit ses lèvres.

9

Gio rêvait de serrer de nouveau Hailey dans ses bras depuis leur première nuit, à New York. Alors pourquoi ne pas le reconnaître ?

Il devait juste se rappeler une chose : il n'était question que d'attirance entre Hailey et lui. Personne n'avait parlé de sentiments, et il savait qu'il ne fallait pas croire que ses sentiments étaient réciproques. Il cessa donc de lutter contre ce besoin qu'il avait de toucher Hailey, se sentir ses lèvres sur les siennes ou son souffle dans son cou...

Il devrait tout de même prendre garde à ne pas tomber amoureux d'elle, car elle avait été on ne peut plus claire : si elle n'était pas tombée enceinte de lui, il ne l'aurait jamais revue. Elle ne l'avait pas choisi, pas plus qu'elle n'avait choisi ce qui l'attendait. Elle faisait de son mieux pour donner à leur bébé la famille qu'il méritait. Il ne pouvait pas s'attendre à ce qu'elle l'aime alors que même sa propre famille n'y était pas parvenue. Avoir des attentes réalistes était le seul moyen de protéger son cœur.

Hailey s'éloigna un peu de lui et il desserra son bras autour de sa taille.

— Il va falloir que je repasse la robe, maintenant !

Il ne put retenir un sourire de satisfaction toute masculine.

— Je suis désolé si je t'ai... froissée, plaisanta-t-il, et Hailey leva les yeux au ciel.

— Ne cherche pas les compliments ! Ce n'est pas digne de toi.

— Es-tu prête pour la séance photos ? As-tu besoin d'autre chose ?

— Si seulement je pouvais avoir ton expérience, j'aurais beaucoup moins le trac !

Il sourit d'un air un peu mélancolique.

— Je ne te le souhaite pas, ma chérie.

Chérie ? Qu'est-ce qu'il lui prenait ? Ce mot lui était venu naturellement, pourtant. C'était le genre de mots que prononçait un homme qui venait d'embrasser une femme, et il n'y avait absolument aucune raison de s'en émouvoir.

— Je suis aussi bien préparée que possible, dit Hailey. Tu valides la robe ? demanda-t-elle.

— Tu n'as pas besoin de mon approbation.

Hailey poussa un petit soupir de frustration.

— Je te le demande en tant qu'expert en relations avec la presse. Pas en tant que fiancé.

— Bien, répondit Gio. Alors... en tant qu'attaché de presse, je dirais que cette robe est un excellent choix. En tant que fiancé, je dirais que tu es resplendissante, mais nous savons tous les deux que mon opinion ne compte pas !

Elle s'approcha de lui et l'embrassa sur les lèvres. Un baiser doux, si doux qu'elle se sentit faiblir.

— Merci. Alors, j'ai tout ce qu'il me faut.

Ils se regardèrent lorsqu'on frappa à la porte.

— La coiffure et le maquillage sont prêts pour Mme Thomas, déclara l'assistant lorsque Gio l'invita à entrer.

— Nous avons encore besoin de quelques minutes, dit Gio en jetant un coup d'œil par-dessus son épaule. Nous vous appellerons lorsque Mme Thomas sera prête.

Il avait presque oublié qu'il était venu ici avec une tâche à accomplir, et qu'il ne pouvait pas partir tant qu'elle n'était pas terminée.

— Il y a autre chose à régler ? demanda Hailey, tandis que l'assistant refermait la porte derrière lui.

Gio prit l'écrin sur la table basse, puis s'agenouilla devant Hailey et lui dit :

— C'est ainsi que j'aurais dû procéder dès le départ. Hailey Thomas, me ferais-tu l'immense honneur d'accepter de devenir ma femme ?

Hailey prit la bague dans la boîte et la fit tourner entre ses doigts : c'était un magnifique anneau d'or gravé de motifs floraux très délicats.

— Gio, elle est magnifique ! C'est parfait. Je l'adore !

Il lui offrit un sourire ravi.

— Quand je l'ai vu, j'ai pensé qu'elle était faite pour toi. J'espère que je n'ai pas été trop présomptueux ?

— Pas du tout, dit-elle en l'observant tandis qu'il passait la bague à son doigt. Je suis touchée que tu aies choisi quelque chose d'aussi beau. Oui, bien sûr, je veux t'épouser !

Il baissa les yeux lorsqu'elle posa sa main sur sa poitrine pour sceller son engagement.

— Il faut vraiment que je me prépare ! dit Hailey pour chasser l'émotion qui menaçait de la submerger.

Bouleversé lui aussi, il déposa un baiser rapide sur ses lèvres et s'éloigna.

— Je te laisse, dit-il. Fais-moi appeler si tu as besoin de quoi que ce soit !

Hailey tourna sa main vers la fenêtre. Elle pensait vraiment ce qu'elle avait dit à Gio tout à l'heure : la bague était parfaite. S'il ne lui avait pas dit que c'était un bijou de famille, elle aurait pu croire qu'il l'avait fait réaliser pour elle.

Soudain, tout cela lui semblait bien réel, aussi réel que l'enfant qui grandissait en elle. Lorsqu'elle sortirait du palais avec cette bague à son doigt, on ne s'intéresserait qu'à cela. Elle se préparait à être jugée sur sa capacité à s'intégrer à la famille de Gio. Au moins, se dit-elle, elle avait déjà rempli sa première obligation de princesse en tombant enceinte : donner un héritier au trône. Voilà au moins une chose qu'on ne pourrait pas lui reprocher ! Mais nul doute qu'une fois qu'il serait évident que la date de conception coïncidait avec celle de sa rencontre avec Gio, la presse à scandale et la famille régnante d'Adria auraient beaucoup à dire sur la façon dont un bébé royal *doit* être conçu.

Ce qui, elle en était sûre, correspondrait au moment où Gio commencerait à se demander comment se sortir de cette situation. Elle avait déjà vécu cela dans son enfance, lorsque les cauchemars qui hantaient ses nuits de foyer en foyer la faisaient crier dans son sommeil, réveillant toute la maisonnée, et plongeant sa famille d'accueil dans le doute…

Parfois, les cauchemars arrivaient au bout d'un ou deux mois, mais le résultat était toujours le même : aucune de ces familles ne souhaitait la garder.

Elle avait toutes les raisons de penser que sa relation avec Gio suivrait exactement le même chemin. Si elle n'était pas tombée enceinte lors de leur première nuit ensemble, elle ne l'aurait jamais revu, et il l'aurait déjà oubliée depuis longtemps.

Elle avait essayé de l'avertir, de lui dire qu'il ne fallait pas se précipiter pour l'épouser. Mais s'il insistait pour donner à leur bébé les meilleures chances en lui offrant une famille, alors elle devait tout tenter.

Mais elle n'était pas assez stupide pour penser que cela durerait toujours. Certes, le divorce n'existait pas au sein de la famille royale d'Adria, mais il y avait de nombreux moyens pour Gio de la renvoyer à New York sans mettre fin légalement à leur mariage. Il pouvait déserter la demeure familiale, la délaisser…

Quoi qu'il arrive entre eux, la chose la plus importante à faire maintenant était de ne jamais rien tenir pour acquis.

Elle *devait* profiter de l'instant présent, songea-t-elle, mais ne pas perdre de vue que les sentiments qu'il éprouvait pour elle n'étaient que temporaires. Combien de fois avait-on l'occasion d'épouser le prince charmant ?

Elle pouvait renoncer à beaucoup de choses – sa maison, son entreprise, sa vie privée – mais elle n'était pas assez stupide pour renoncer à son cœur. Le protéger était sa priorité numéro 1.

Les premières photos furent finalement prises dans le salon du matin, où ils se marieraient dans une semaine. La pièce était décorée de couronnes de houx et de verdure, de bouquets de gui, et richement illuminée par des bougies qui conféraient à ce lieu une atmosphère romantique. Un grand sapin avait été dressé près des portes-fenêtres, et la lumière naturelle se reflétait dans les boules d'argent et de cristal.

Un fauteuil en brocart avait été placé devant la fenêtre, et Hailey hésita après qu'un valet de pied l'eut introduite dans la pièce, observant Gio qui s'entretenait avec le photographe et son assistant. Il avait déjà rencontré l'équipe de coiffure et de maquillage, semblait-il. Ses cheveux n'étaient plus en bataille, mais soigneusement peignés en arrière, et sa barbe était taillée très court.

Il portait un sobre costume trois-pièces anthracite avec une cravate de soie argentée et une chemise immaculée dont le haut col semblait tenir sa tête... Bref, il avait l'air assez emprunté dans cette tenue formelle.

Du moins, jusqu'à ce qu'il lève les yeux vers elle, et lui offre un sourire ravageur. Le même que celui qui avait causé sa perte, le soir de leur première rencontre...

Mais ce n'était pas le moment de songer à cela. C'était l'heure de jouer la comédie. Le photographe était là pour immortaliser l'heureux couple qui prononcerait bientôt ses vœux d'amour éternel, et non pour raconter une parenthèse sensuelle... C'est pour cela que Gio souriait ! Il jouait à merveille le rôle de l'amoureux transi, se rappela-t-elle, et il attendait qu'elle fasse de même.

Elle traversa la pièce et se laissa embrasser sur les

deux joues. Mais, quand il leva son visage vers le sien d'un doigt glissé sous son menton, elle se sentit rougir .

— Qu'est-ce qui ne va pas ? demanda Gio, qui avait visiblement perçu son malaise.

— Rien, dit-elle en s'efforçant de prendre un air dégagé. Je suis juste un peu nerveuse.

— Ne t'inquiète pas, dit Gio à voix basse. Sois toi-même, c'est tout ce que les gens ont besoin de voir.

Ce n'était pas tout à fait vrai, se dit-elle. Ils devaient montrer aux gens ce qu'ils *voulaient* voir, et en aucun cas leur offrir une image fidèle à la réalité.

Être elle-même ne lui avait jamais suffi dans le passé, et ce n'était certainement pas suffisant dans le milieu qu'elle s'apprêtait à intégrer. Elle devait faire semblant. Et peut-être que si elle le faisait assez longtemps, tout cela finirait par avoir un sens à ses yeux, et l'aider à trouver sa place. Peut-être qu'un jour, elle commencerait à y croire...

Elle plaqua sur son visage un sourire qu'elle espérait sincère, et se hissa sur la pointe des pieds pour déposer un baiser sur les lèvres.

Puis elle se tourna vers le photographe.

— Où dois-je m'asseoir ?

On l'installa dans le fauteuil, et les assistants passèrent un temps fou à ajuster les plis de sa robe, à placer ses mains et à vérifier la lumière. Ce qui n'empêchait pas Hailey de redouter que le petit secret qu'elle cherchait à cacher soit trop visible...

Chaque fois qu'un cliché était pris, elle tressaillait, et serrait plus fort encore les doigts de Gio mêlés aux siens.

Comme le photographe vérifiait quelque chose sur son ordinateur, Gio porta sa main à ses lèvres et souffla :

— Dis-moi ce qui ne va pas, chérie, sinon tu vas finir par me broyer les os !

Soudain, elle s'aperçut que quelques ampoules manquaient sur une guirlande lumineuse, et qu'un bouquet de gui avait perdu beaucoup de baies.

— Qu'est-ce qui ne va pas ? demanda Gio en suivant son regard.

— Oh ! rien...

Gio arqua un sourcil.

— Tu es sûre ? Tu as l'air gênée par quelque chose.

Elle lâcha un soupir de frustration.

— Il y a quelques détails qui clochent dans la décoration. Cela m'ennuie et je n'arrive pas à me concentrer... Mais ce n'est pas grave, et personne ne le remarquera.

— Déformation professionnelle, dit-il simplement. Va rectifier ça, si tu veux.

Elle haussa les épaules.

— Mais non... Nous sommes au beau milieu d'une séance de photos, murmura-t-elle, en essayant de ne pas bouger de la position indiquée par le photographe. Je veux juste en finir.

— Ils attendront ! lança Gio d'un ton ferme. Tu viens de dire toi-même que tu n'étais pas satisfaite de la décoration. Vois-tu, ce qu'il y a de bien, dans ta position, c'est que tu peux obtenir que les choses soient exactement comme tu le souhaites. Profites-en. Si tu veux réparer la guirlande, nous attendrons que tu aies terminé, c'est tout.

Elle jeta un coup d'œil au photographe et acquiesça.

— D'accord. Il faut bien qu'il y ait quelques avantages au fait de devenir ta femme ! ironisa-t-elle.

— Nous faisons une pause ! décréta Gio en se levant et en tendant la main à Hailey.

Elle le suivit jusqu'à la cheminée.

La guirlande était en hauteur et elle dut tendre le cou pour bien voir.

— Tu as besoin d'un coup de main ? demande Gio.

— Oui, il me faudrait un escabeau, dit-elle en regardant autour d'elle.

Gio, disparut et revint avec un grand fauteuil.

Elle leva un sourcil.

— J'espère que ce n'est pas une antiquité !

— Pas de problème, dit-il en riant. Ce fauteuil est affreux et je ne veux surtout pas en hériter !

Elle hésita, puis enleva ses chaussures et grimpa dans le fauteuil, tandis que Gio l'aidait en posant les mains sur sa taille.

— Tu peux me lâcher, maintenant !

— Je ne veux pas que tu tombes, dit Gio, soudain très sérieux. Une chute pourrait être dangereuse pour toi et pour le bébé.

Elle grimaça devant sa réaction exagérée, mais ne protesta pas. Et elle mit sans doute plus de temps qu'il n'en fallait pour s'écarter légèrement de lui et examiner de plus près la guirlande.

— Je...

Soudain, elle s'aperçut que personne ne les regardait, et qu'il n'y avait aucune raison de ne pas céder à l'impulsion qui venait de s'emparer d'elle. Ils étaient censés être follement amoureux, et rien ne l'empêchait de se presser contre lui. Tant qu'elle ne commençait pas à y croire elle-même, tout allait bien ! Il n'y avait pas de mal à s'amuser un peu, non ?

Pour la première fois, elle se pencha vers lui, et lui donna un long et langoureux baiser.

— Bon, je dois réparer cette guirlande ! dit-elle en s'écartant de lui.

L'air un peu hébété, Gio la regarda travailler, replaçant une branche par-ci, tournant un vase par-là. Puis elle recula de quelques pas pour admirer l'effet produit, appuyée contre son épaule.

— C'est mieux, non ? demanda-t-elle.

— Beaucoup mieux ! acquiesça Gio en glissant le bras autour de sa taille.

Elle eut un rire gêné, mais il la sentit se détendre contre son corps.

— Tu es censé regarder la guirlande, lui rappela-t-elle, taquine.

— Euh...

Quand ses bras se resserrèrent autour de sa taille et que ses lèvres se posèrent sur son cou, elle soupçonna qu'il s'intéressait à peu près autant à la décoration qu'elle à ses livres de comptes...

Une légère toux derrière eux rompit le charme de ce moment. Pour une fois, elle avait oublié qu'on les observait, et elle ne le regrettait pas...

Pourtant, elle s'entendit dire :

— Je suis désolée. Dois-je reprendre la même place ou...

— En fait, Votre Altesse Royale, coupa le photographe

en s'adressant à Gio, j'ai pris la liberté de télécharger certains clichés, pendant que vous vous occupiez de la décoration, et j'ai pensé que vous aimeriez y jeter un coup d'œil...

Un peu inquiète, Hailey regarda les images défiler sur l'écran de l'ordinateur. Il était indéniable qu'ils étaient... convaincants, tous les deux.

L'ivoire de sa robe qu'elle avait agrémentée d'un bouquet rouge formait avec le vert des branches de pin un ensemble festif, et la lumière naturelle, combinée aux chandeliers placés de part et d'autre de la cheminée, créait une ambiance pleine de chaleur. Mais ce n'était rien à côté du brasier qui l'avait enflammée lorsque Gio l'avait serrée contre lui. Son corps tout contre le sien, elle avait senti un désir fou s'emparer d'elle, qu'elle n'aurait sans doute pas pu combattre s'ils avaient été seuls.

De nouveau, elle examina les clichés. Ils étaient presque trop... intimes, pensa-t-elle, en remarquant qu'elle posait sur Gio un regard énamouré. Mais c'était sans doute une bonne chose, songea-t-elle. Gio et elle ne savaient peut-être pas exactement comment leur mariage allait fonctionner, mais ils étaient d'accord sur le fait qu'ils voulaient que sa famille et le reste du monde les croient follement amoureux. Et ces photos... allaient dans ce sens. Et si cela signifiait qu'elle pouvait passer le reste de la journée ailleurs que dans ce fauteuil, alors elle était plus que satisfaite !

— Elles sont magnifiques ! s'extasia-t-elle en jetant un coup d'œil à Gio pour s'assurer qu'ils étaient sur la même longueur d'onde. Qu'en penses-tu ?

Comme il ne faisait pas mine de détacher son regard de l'écran, elle finit par glisser un bras autour de sa taille pour attirer son attention.

— Je les trouve très bien. Je pense que nous pouvons passer à autre chose, maintenant. Si vous voulez bien m'excuser...

Puis il tourna les talons et quitta la pièce, la laissant quelque peu désemparée.

— Si vous voulez bien m'excuser...

À son tour, elle prit congé et sortit.

Une fois dans le couloir, elle se demanda si elle devait essayer de trouver Gio. Il semblait visiblement désireux de prendre ses distances. Craignait-il, comme elle, que ces photos en aient trop révélé ? Que l'on puisse y lire les sentiments qu'ils éprouvaient l'un pour l'autre, faisant de ce mariage un véritable engagement qui allait bien au-delà de ce que chacun d'eux souhaitait ?

Il était tellement plus simple de se dire qu'ils ne faisaient cela que pour le bien du bébé !

Aussi s'efforça-t-elle de se rappeler que, quoi que Gio pense ressentir pour elle en ce moment, cela ne durerait pas – ne *pourrait* pas durer. Mais si ces photos avaient représenté deux étrangers, plutôt qu'elle-même et l'homme qu'elle était sur le point d'épouser, elle aurait dit que les sentiments qu'elles reflétaient ressemblaient beaucoup à de l'amour.

C'était absurde. Elle ne pouvait pas aimer Gio ! Elle ne le connaissait que depuis quelques mois, et avait passé quelques semaines, à peine un mois, en sa compagnie. Elle le désirait, bien sûr. Elle fantasmait sur lui. Elle pensait à la nuit qu'ils avaient passée ensemble et rêvait de recommencer, mais elle ne pouvait pas l'aimer. Parce que ce mariage était censé offrir à son enfant la vie de famille qu'elle souhaitait pour lui. Il n'était pas question du tout des sentiments qu'elle éprouvait pour Gio.

La meilleure chose à faire était d'enfouir ses sentiments au plus profond d'elle-même et de faire comme s'ils n'avaient jamais existé. Quant au baiser torride qu'ils avaient partagé plus tôt dans la journée, et qui lui avait mis le feu au corps… Eh bien, il fallait l'oublier !

Ils allaient se marier, et elle voulait que ce mariage dure. Pour cela, il fallait refouler son désir, puisque, comme elle le savait, le désir ne durait pas.

Dans l'autre aile du palais, elle trouva la porte de leur chambre entrouverte. Gio était assis sur le bord du lit, et il avait retiré sa veste et desserré sa cravate.

Manifestement surpris, il leva la tête à son approche.

— Hailey…

— Tout va bien ?

Elle se dirigea vers le lit, prévoyant de s'asseoir à côté de lui, mais Gio l'attrapa par les hanches et l'attira entre ses jambes.

— Il faut que nous parlions, dit-il d'un ton abrupt.

Hailey ne put résister à l'envie de lui effleurer la joue.

— C'est drôle. Je me suis dit exactement la même chose.

— J'ai envie de toi, reprit Gio sans préambule, d'un ton impérieux. Et quand j'ai vu ces photos, je… Peut-être que je vois juste ce que j'ai envie de voir, mais je pense que tu ressens la même chose que moi. Et j'ai encore plus de mal à me retenir de faire ce que j'ai vraiment envie de faire.

— Et qu'est-ce que tu veux faire ? insista-t-elle, en glissant la main dans ses cheveux qui, tout à coup, n'étaient plus aussi bien coiffés que sur la photo.

Elle tourna son visage vers elle.

— Tout a commencé pendant cette réunion, expliqua-t-il. Je n'ai pas pu suivre ce qui se passait parce que... je ne pouvais pas m'empêcher de te regarder.

Hailey tenta de plaisanter, de prendre la chose à la légère, mais sa voix tremblait et elle savait qu'il n'y avait aucun moyen d'éviter la conversation qui s'annonçait.

Quand Gio l'attira encore plus près de lui, enroula ses bras autour de sa taille et laissa son front reposer sur son épaule, elle ne le repoussa pas.

— Hailey... Nous allons nous marier la semaine prochaine, dit-il après avoir déposé un baiser au creux de de son cou, ce qui lui arracha un nouveau soupir.

— C'est vrai, dit-elle en enfouissant plus profondément ses doigts dans ses cheveux.

Soudain, il lâcha sa taille et elle sentit sa main courir sur le satin de sa robe, dont il remonta lentement l'ourlet jusqu'à la peau sensible de sa cuisse.

— Gio... gémit-elle dans un brouillard.

— Mmm...

— Je croyais que tu voulais parler.

— Mmm...

Cette fois, elle sentit la vibration de sa voix tout contre sa peau.

— Oui, et je pense que nous devrions peut-être terminer cette conversation avant... d'aller plus loin.

Il se redressa, et elle sentit sa peau se refroidir à l'endroit où ses lèvres s'étaient posées.

— En même temps, reprit-il dans un sourire, n'est-ce pas le moment ou jamais d'avoir cette conversation ?

Savait-il que le contact de ses doigts sur le haut de ses bas l'empêchait complètement de penser ? Elle aurait dû s'écarter de lui, et pourtant elle n'en fit rien, et s'abandonna à la caresse.

Quelques heures plus tard, quand, blottie contre son torse, elle luttait contre le sommeil, Hailey se demanda pourquoi ils avaient attendu si longtemps pour recommencer. C'était si bon que cela ne pouvait être une erreur !

Pourtant...

Il serait trop facile d'oublier, dans la douceur de ces instants magiques, tout ce qui la hantait depuis qu'elle était arrivée ici. D'oublier qu'elle ne pouvait pas céder au charme de Gio. Peu importait qu'elle se sente si bien avec lui, la tête au creux de son épaule, tandis que leur enfant grandissait en elle. Tôt ou tard, elle devrait se protéger contre ses sentiments, ne pas s'attacher. C'était le moment de fortifier les murs qu'elle avait érigés autour de son cœur, de s'assurer qu'elle était assez forte pour vivre avec lui sans l'aimer, pour donner à leur bébé la sécurité dont il avait besoin et se répéter, encore et encore, que tout cela n'était qu'une mascarade.

10

C'est un coup léger frappé à la porte qui réveilla Hailey. En entendant la voix de la femme de chambre, elle se redressa sur ses oreillers, se frotta les yeux. Puis, soudain, elle se rappela qu'on était le 25 décembre et se précipita à la fenêtre pour ouvrir les rideaux. Un instant plus tard, elle songea que Gio et elle partageaient désormais le même lit. Alors pourquoi n'était-il pas là pour partager ce matin de Noël avec elle ?

Ils avaient dîné dans leur appartement la veille, et avaient renoncé au repas en famille, sachant qu'ils passeraient des heures à festoyer aujourd'hui. Gio avait même eu l'audace de manquer la messe de minuit, ce qu'ils paieraient, lorsqu'ils verraient ses parents aujourd'hui, elle en était sûre. Mais ces moments passés ensemble dans l'intimité de leur chambre étaient si précieux qu'elle se moquait de ne pas assister à quelques événements royaux !

Tant qu'ils participaient au *cenone*, le grand repas autour duquel s'organisait la journée du lendemain, tout irait bien ! Aujourd'hui, elle devait passer l'après-midi et la soirée avec sa future belle-famille, dont elle était presque certaine qu'elle la détestait déjà et traitait mal

Gio. Mais c'était le prix à payer pour donner à leur bébé le foyer qu'il méritait, et une place au sein de sa lignée.

Pourquoi donc Gio n'était-il pas là ? se demanda-t-elle avec inquiétude. Elle ne pouvait pas vraiment interroger le personnel, et d'ailleurs, le fait même d'avoir des domestiques autour d'elle lui paraissait étrange. Elle n'y était pas encore habituée.

Elle se doucha et s'habilla sans se presser. Peut-être était-elle attendue pour le petit déjeuner ? Elle l'ignorait, mais il était hors de question qu'elle quitte cette pièce sans Gio à ses côtés pour la protéger.

Alors qu'elle se demandait quoi faire, Gio arriva avec un plateau chargé de toasts et de thé, et si elle n'avait pas déjà prévu de l'épouser dans moins d'une semaine, cela aurait pu emporter sa décision. Il était tellement sexy !

— J'ai pensé que tu voudrais manger quelque chose avant de rencontrer ma famille, alors j'ai fait une razzia dans les cuisines, dit-il en posant le plateau sur sa coiffeuse et en l'attrapant par la main.

Il la retint, glissa une main dans sa nuque et lui donna un doux baiser.

— Je commençais à me demander où tu étais passé... murmura-t-elle contre ses lèvres.

— Je suis désolé. Je ne pensais pas que tu te réveillerais avant mon retour, dit-il. Tu dormais si profondément quand je suis parti !

— Eh bien, j'étais fatiguée, je crois.

Il lui adressa un sourire radieux.

— Est-ce que je serai pardonné si je te donne ton cadeau de Noël maintenant ? D'habitude, nous échangeons nos cadeaux après le déjeuner, mais je préférerais le faire entre nous, loin des regards curieux.

— Un cadeau ? répété Hailey, surprise.

Entre le bébé, le mariage et le déménagement à l'autre bout du monde en l'espace de deux semaines, les cadeaux de Noël avaient disparu de son agenda.

— Mais c'est terrible, Gio ! s'exclama-t-elle. Je ne t'ai rien acheté, moi ! Je n'y ai même pas pensé.

— Cela te rassurerait-il si je te disais qu'il s'agit plus d'un... prêt que d'un cadeau ?

Elle fronça les sourcils, à la fois perplexe et intriguée.

— Qu'est-ce que tu veux dire ?

Il lui prit la main et l'entraîna dans le salon, où un tissu était drapé sur ce qui ne pouvait être qu'un cadre photo, posé sur un chevalet doré à l'allure très digne.

— Gio... qu'as-tu fait ?

— Ce n'est rien, ne t'inquiète pas, lui rappela-t-il en la postant devant le chevalet.

Elle tendit lentement la main vers l'étoffe drapée d'or et tira. Dans la seconde qui suivit, elle sut de quelle peinture il s'agissait, et sentit son cœur se serrer.

— Gio, tu ne peux pas... Qu'est-ce que tu as fait ?

Ce tableau était censé se trouver à New York, à l'exposition à laquelle elle aurait aimé pouvoir assister avant de partir. Celle qu'elle avait mentionnée incidemment devant Gio sans se douter un seul instant qu'il s'en souviendrait.

— Je ne l'ai pas acheté, dit celui-ci avec regret. Le musée n'a pas voulu le vendre.

L'idée même qu'il ait pu envisager d'acquérir une telle œuvre la bouleversa, et elle sentit une digue céder en elle.

— Mais ils ont consenti à un prêt d'un an. J'ai dû promettre que nous le prêterions à l'occasion de quelques expositions, mais la plupart du temps, il sera chez nous et tu pourras le regarder quand tu voudras !

Incrédule, elle regarda tour à tout Gio et le tableau, et résista à l'envie d'effleurer du doigt la toile, se rappelant qu'il s'agissait d'un chef-d'œuvre inestimable vieux de quatre siècles.

— Je crois que je ne pourrai jamais m'arrêter de le regarder, dit-elle, les larmes aux yeux, tandis que le bras de Gio se glissait autour de sa taille. Comment as-tu su que je l'adorais ?

— Quand je t'ai vue regarder l'affiche de l'exposition, à New York, je me suis dit que tu essayais de me cacher l'importance qu'elle avait à tes yeux. Ce n'était qu'une intuition, mais je suis heureux de ne pas m'être trompé. Joyeux Noël !

Il se pencha pour l'embrasser, et elle approfondit leur baiser, se lovant tout contre lui.

— Ça te plaît ? demanda Gio.

— Plus que ça ! Je l'adore. C'est le plus beau tableau que j'aie jamais vu. Et la surprise la plus étonnante que quelqu'un m'ait jamais faite. C'est merveilleux, dit-elle encore, la voix tremblante d'émotion.

Lorsqu'ils se séparèrent enfin, elle demanda :

— Alors, as-tu eu des échos de la journée d'hier ? Tes parents sont-ils fâchés que nous ne soyons pas venus dîner ? Ou à l'église ?

Il acquiesça.

— Oui, mais je ne le regrette pas. Ils passeront toute cette journée avec nous.

Elle étouffa un gémissement à cette idée.

— Je suis heureuse que tu ne le regrettes pas. Je ne le regrette pas non plus, assura-t-elle avec un sourire mélancolique. Mais... tu ne crois pas qu'il serait temps de terminer la conversation que nous avons commencée hier ?

— Si tu veux.

Elle aurait préféré passer la journée à contempler sa peinture, mais malheureusement, la réalité les avait rattrapés et la famille de Gio les attendait.

— Je pense que nous avons tous les deux besoin de faire le point et d'exprimer tout ce que cela signifie pour nous, mais si tu n'es pas d'accord...

— Si, j'en ai envie.

Hailey prit une grande inspiration.

— Hier, c'était juste... un bon moment pour toi ?

Il la regarda sans comprendre.

— Certes, j'ai passé un moment plus qu'agréable, mais je ne peux pas me contenter d'une relation... physique, répondit Gio.

— Alors, c'est plus que ça, pour toi ?

Gio la fit asseoir sur le canapé.

— Tu me poses beaucoup de questions, mais toi, en connais-tu les réponses ?

Il avait raison, mais lui non plus ne s'exprimait guère sur ses sentiments, songea-t-elle. Cependant, elle se garda bien de le lui faire remarquer et dit :

— Je n'en suis pas sûre, en effet, admit-elle. Parfois, je m'interroge sur ce que je ressens. Tout paraît si compliqué !

— Alors tentons de simplifier les choses, suggéra Gio. Si nous n'avions pas à nous soucier de ma famille qui essaie de me marier à une jeune femme de mon rang, où en serions-nous, en ce moment ?

— Nous connaissons déjà la réponse à cette question, rappela Hailey. Nous ne nous serions pas revus après cette première nuit, à New York.

— Si. À cause du bébé. Et c'est très bien comme ça.

Hailey réfléchit, et tenta d'oublier la difficulté de leur situation pour imaginer où en serait leur couple si tout était… différent.

— Nous aurions appris à nous connaître, ajouta-t-elle. Et essayé d'être amis.

— Et qu'auraient fait ces amis en réalisant qu'ils avaient toujours *envie* l'un de l'autre ?

— Eh bien, je pense qu'ils auraient cédé à leur désir, et…

— Sans devenir un couple officiel ? coupa Gio d'un ton froid.

— Je n'ai jamais vraiment eu une relation suivie, dit-elle en guise d'explication.

En lisant la douleur dans les yeux de Gio, elle n'eut soudain plus qu'une envie : la soulager.

— Ce genre de relations est-il compatible avec le mariage ? demanda Gio, toujours aussi tendu.

Hailey secoua la tête. Cette conversation ne se déroulait pas comme prévu, et elle ne savait pas comment la remettre sur les rails.

— Un couple marié composé de deux amis n'est probablement pas un mauvais début, suggéra-t-elle, essayant de chercher les points positifs.

Le meilleur début pour un mariage était probablement le sentiment amoureux, songea-t-elle. Mais cela ne semblait pas être l'avis de Gio, alors pourquoi ne pas essayer de faire en sorte que ce mariage fonctionne quand même ? Ils pouvaient très bien être amis et... plus si affinités ? Rien ne l'interdisait, après tout !

Elle posa soigneusement sa tasse de thé sur la table basse et s'approcha de Gio.

— Je crois que j'aime bien être ton amie, dit-elle avec un sourire timide, espérant que cette conversation n'avait pas tout gâché entre eux.

Elle se pencha et l'embrassa tendrement.

— J'adore mon cadeau. Je suis désolée de ne pas avoir pensé à t'en offrir un.

Gio arqua un sourcil, et lança dans un sourire :

— Joyeux Noël à moi ! Si tu veux me faire un cadeau spécial, je suis sûr qu'on peut trouver une idée...

Sa paume trouva la courbe de ses fesses, et il l'attira plus près de lui.

— Nous sommes attendus, non ? demanda-t-elle entre deux baisers.

— Il n'y a pas d'urgence, répondit Gio en soulevant lentement sa robe.

Lorsqu'ils descendirent, les parents et les proches de Gio étaient assis autour de l'arbre de Noël, dans le salon, sirotant du café et bavardant.

Hailey comprit que sa famille savait exactement pourquoi Gio et elle avaient manqué le petit déjeuner, ce matin-là. Et la messe de minuit de la veille, aussi. Elle chercha quelque chose à dire à ceux qui allaient devenir ses beaux-parents dans moins d'une semaine. Elle n'avait jamais fait cela auparavant et, même si elle aurait aimé se faire apprécier d'eux, elle n'avait aucune idée de ce qu'il fallait dire ou faire pour y parvenir.

Seul le contact doux et chaud des doigts de Gio mêlés aux siens lui rappelait quelque chose d'essentiel : cette fois-ci, elle n'était pas seule.

Gio voulait qu'elle soit ici et elle avait sa place auprès de lui, même si elle ne se sentait pas encore chez elle au palais.

Elle serra sa main en silence tandis que Gio souhaitait à ses parents un joyeux Noël et engageait la conversation sous le regard d'Hailey, heureuse d'être un peu en retrait. Elle observait Gio et appréciait qu'il essaye de la mettre à l'aise dans sa nouvelle maison, avec sa nouvelle famille.

Elle refusa la tasse de café qu'on lui proposait, et dut réprimer un sourire lorsque Gio prit un membre du personnel à l'écart pour lui expliquer exactement comment elle aimait son thé. Elle ne s'était même pas rendu compte qu'il y avait prêté attention, et cela lui fit chaud au cœur.

Lorsqu'ils s'installèrent tous à la grande table de la salle à manger, ornée de compositions florales un peu plus hautes qu'elle ne l'aurait souhaité, elle s'aperçut, affolée, qu'elle et Gio n'avaient pas été placés ensemble.

Gio avait remarqué son désarroi, car elle le vit saisir prestement le carton de la personne placée près d'elle et le glisser dans sa poche.

— Gio, souffla-t-elle. Tu ne peux pas faire ça !

— Je ne te quitterai pas, murmura-t-il en la prenant par les épaules pour l'inviter à s'asseoir.

Puis, une fois qu'ils eurent tous les deux pris place, il se tourna vers elle et prit un ton mondain pour dire :

— Parle-moi donc des bouquets qui décorent cette table ! Qu'en penses-tu ?

— Oh ! tu veux tout savoir sur le *lisianthus* et le *zinnia*, n'est-ce pas ? minauda-t-elle, tandis qu'il posait son coude sur la table et appuyait son menton dans sa paume pour boire ses paroles.

Elle lui parla des différentes fleurs et des feuillages, lui expliqua la signification de chacun d'entre eux, lui précisa comment on les cultivait. Elle savait que Gio ne pouvait pas avoir développé un intérêt soudain pour la fleuristerie, et pourtant ses yeux ne quittaient pas les siens, fascinés. Gio était son ami, mais il était aussi son amant – un amant à la fois tendre et passionné, qui lui avait fait découvrir tout un monde de sensualité...

Après avoir si longtemps réprimé son désir pour lui, ne plus avoir à le faire l'enivrait, lui ouvrait de nouveau horizons. Tous deux pouvaient se regarder et se faire toutes sortes de promesses muettes, avec la ferme intention de les tenir dès qu'ils se retrouveraient seuls... C'était excitant !

Ce n'est que lorsqu'elle se rendit compte que la pièce était devenue silencieuse qu'elle jeta un coup d'œil autour d'elle et réalisa que leurs échanges n'étaient pas passés inaperçus. Elle sentit à nouveau la chaleur lui monter aux joues.

Bien sûr, le fait que la famille de Gio les croie amoureux

l'un de l'autre jouait en leur faveur. Ils étaient censés être impatients de se marier, mais elle se doutait bien que l'expression qui se lisait sur son visage n'était pas uniquement « romantique ».

Il était trop tard pour s'en préoccuper, de toute façon, se dit-elle. Ses parents savaient déjà qu'elle était enceinte...

11

Gio n'avait plus à faire semblant. Depuis hier, il se sentait libéré, et plein d'une énergie nouvelle. Une force enivrante qui lui donnait des ailes. Tout ce qu'il avait à faire, maintenant, c'était de se préparer à son futur rôle de père, et de ne pas se faire d'illusions sur le fait qu'Hailey ressentait plus que de l'amitié à son égard. Mariés ou non, ils ne nourrissaient pas de sentiments... romantiques l'un pour l'autre. Il devait se rappeler que, quelle que soit l'image qu'ils donnaient de leur couple, Hailey ne ressentait rien de tel pour lui. Elle n'allait pas tomber amoureuse de lui.

Lorsqu'ils en avaient discuté en privé, elle lui avait confié qu'elle n'avait jamais eu de relation sérieuse, et que, si elle était d'accord pour coucher avec lui, elle n'éprouvait rien de plus pour lui qu'une forte attirance sensuelle. Ce qui était tout à fait acceptable, car il ne lui serait jamais venu à l'esprit d'espérer davantage. Même ses propres parents avaient été incapables de s'attacher à lui ! Il aurait dû être reconnaissant à Hailey d'avoir accepté de se lier à lui, de s'engager à vivre avec lui, même si ce n'était que pour le bien du bébé. Parce qu'il savait qu'il n'avait aucune chance de la garder sans cela.

Pour la première fois de sa vie, sa vision de l'avenir était moins solitaire que l'existence qu'il avait menée jusqu'à présent.

Mais cela ne voulait pas dire qu'il pouvait baisser sa garde. Au fil des ans, il avait appris à se protéger, et aujourd'hui, il refusait que l'indifférence de ses parents à l'égard de son bonheur ne le blesse à chaque instant.

Il avait réussi à déjouer les plans de ses parents qui voulaient que le conseil royal lui choisisse une épouse parmi les nombreuses jeunes femmes qui s'étaient portées candidates. Mais contre toute attente, il avait choisi celle qu'il voulait épouser. C'est le destin qui avait placé Hailey sur sa route, mais cela ne signifiait pas que tout irait pour le mieux, loin de là !

Le premier problème, et le plus important, était qu'il n'avait aucune idée de comment être un mari. Un père. Toute sa vie, il avait regardé ses parents remplir leurs devoirs – envers leur pays, l'un envers l'autre, envers lui –, mais il ne désirait en aucun cas suivre leur exemple. Comment trouver un compromis entre ses obligations d'homme d'État et ses devoirs de père de famille ? Comment maintenir une relation harmonieuse avec son épouse ? Comment traiter la personne à laquelle votre sort était lié lorsque la relation était fondée sur autre chose que l'amour ?

Il avait redouté d'être contraint d'épouser quelqu'un qu'il n'aimait pas ou qu'il connaissait à peine. Mais il réalisait maintenant, trop tard, qu'il n'avait jamais suffisamment réfléchi à ce qui venait ensuite. À ce qui faisait un bon mariage. Tout ce qu'il savait, c'était ce qu'il ne voulait *pas*. Alors peut-être qu'ils pouvaient faire table rase de leurs passés respectifs et recommencer de zéro ? Ils pourraient choisir ce qui les rendrait heureux. Pour l'instant, l'écouter lui parler de fleurs le comblait. Il aimait voir ses yeux s'illuminer, et savourer les mots qui s'échappaient de ses lèvres lorsqu'elle expliquait sa conception d'un joli chemin de table. L'œuvre d'art qu'elle aurait créée si on la lui avait commandée.

Tout à coup, il vit son regard se troubler, et il en devina tout de suite la raison.

— Tu penses à ton travail, n'est-ce pas ?

Elle acquiesça.

— Je sais que je suis loin d'être la première personne à devoir abandonner son entreprise parce qu'elle est tombée enceinte. En acceptant ta proposition, je savais ce que cela signifierait. Mais j'ignore ce que je suis censée faire de moi-même, au moins jusqu'à ce que le bébé arrive.

— Je n'ai jamais dit que tu devais abandonner ton entreprise, souligna Gio.

— Non, mais je ne vois pas de solution ! Comment suis-je censée la gérer à trois mille kilomètres de distance ? J'ai beau chercher, je tourne en rond. Je devrais peut-être confier l'entreprise à Gracie ? C'est la seule personne en qui j'aurais confiance pour s'occuper de mes clients.

— Tu sais que nous avons des fleurs à Adria ? dit-il en désignant du menton la composition qui se trouvait devant eux. Je ne m'attends pas à ce que tu arrêtes de travailler. Si tu veux le faire, pourquoi pas, mais tu ne devrais pas avoir à faire un tel sacrifice si ce n'est pas ce que tu souhaites.

— Je ne sais pas ce que je voudrai quand le bébé sera là. Mais j'ai passé dix ans à construire cette entreprise et je ne peux pas... l'oublier en quelques semaines ! Quelles que soient mes obligations par ailleurs.

Obligations... Eh bien, cela en disait long sur ce que ce mariage représentait pour elle, et il sentit un profond malaise l'envahir.

— Alors, comment se passent les préparatifs du mariage ?

La voix de sa mère le tira de ses réflexions et, pour la première fois depuis ce qui lui parut une éternité, il détourna les yeux de Hailey et jeta un coup d'œil vers la reine.

Depuis que Gio avait annoncé son intention de l'épouser, personne n'avait manifesté le moindre intérêt pour sa personne, songea Hailey. Mais à chaque fois qu'on lui adressait la parole, c'était pour parler du mariage. Pourtant, elle et Gio avaient dit et répété ce qu'ils voulaient, et fait part de leurs préférences.

— Il n'y a pas de changement par rapport à hier, répondit Gio, en essayant de ne pas laisser transparaître l'agacement dans sa voix.

— J'ai appris que vous vouliez vous occuper vous-même des fleurs. C'est tellement nouveau d'avoir quelqu'un qui a un métier dans la famille ! dit la reine Lucia à Hailey.

Surprise qu'on s'adresse à elle directement, elle s'apprêtait à répondre quand Gio posa sa main sur la sienne.

— Hailey est une artiste florale très talentueuse, dit

Gio en jetant un regard acéré à sa mère. Elle vient de fleurir le mariage d'Ivy et Sebastian – c'est là que nous nous sommes rencontrés. Personne ne pourrait faire mieux qu'elle !

Il se leva si brusquement que sa chaise manqua basculer derrière lui.

— J'ai été très clair lorsque Hailey et moi sommes arrivés, poursuivit Gio : ma présence au sein de cette famille dépend de la façon dont vous traiterez ma future femme. Je ne tolérerai pas qu'on lui manque de respect, sachez-le !

Lorsqu'il se retourna, il découvrit Hailey à ses côtés, les yeux écarquillés de surprise. Il lui tendit la main.

— Si tu es prête, chérie, lui dit-il, je crois qu'il est temps de nous retirer.

Elle acquiesça en rougissant légèrement.

— Allons-y, alors.

Il lui tint la main, puis, en marchant lentement pour ne pas montrer son agacement, il sortit de la salle à manger.

Dès qu'ils furent hors de vue, il ouvrit une porte dérobée cachée dans les boiseries du couloir et la poussa doucement contre le mur.

— Je pensais que... nous retournions à notre appartement ?

En sentant ses mains sur ses hanches, elle laissa échapper un soupir langoureux, et regarda Gio. Le feu de ses yeux était plus brûlant que jamais, et elle agrippa sa veste, ne lui laissant aucun doute sur le fait que ses intentions correspondaient en tout point aux siennes.

— Je ne suis pas sûr de pouvoir attendre, dit Gio sans préambule.

— Attendre quoi ? demanda Hailey avec une innocence feinte.

Pourtant, elle l'attirait doucement à elle, tout en faisant mine de ne pas bouger. Quand elle pencha la tête sur le côté, dévoilant la ligne élégante de son cou, et il ne put résister à l'envie d'y déposer ses lèvres, et de s'y attarder.

— Mmm... gémit-elle, tandis qu'une main glissait dans ses cheveux.

Elle frémit en sentant la douce morsure de ses dents sur sa peau.

— Nous devrions peut-être chercher un endroit plus... tranquille ? susurra-t-elle.

Il lui offrit son plus beau sourire.

— Cela semble prometteur. Mais l'intimité de notre appartement ne me suffit pas. Partons d'ici pour quelques jours !

Elle rit et le repoussa.

— Qu'est-ce que tu racontes ? On ne peut pas disparaître comme ça !

— Et pourquoi pas ? Si nous prenons l'hélicoptère, dans une heure nous serons au chalet, installés devant un bon feu, et complètement seuls au monde. Dis oui, s'il te plaît !

Quand il vit les coins de sa bouche se relever, il sut qu'il avait gagné. Il enroula ses doigts autour de son poignet et l'entraîna dans les couloirs du palais.

Plus tard dans la nuit, la tête d'Hailey confortablement calée sur son épaule, bien au chaud dans le petit nid qu'ils avaient fabriqué à l'aide de couvertures et installé devant le feu, Gio repensa à ce qu'il s'était passé au palais. Il revit l'expression du visage de Hailey, lorsque sa mère s'était montrée si tranchante avec elle, à table. Il s'était alors rendu compte à quel point il la connaissait mal. S'il voulait être un bon mari pour elle, il devait combler cette lacune.

— Je te prie d'excuser le comportement de ma mère, dit-il en enroulant une de ses boucles autour de son doigt.

Il la lâcha lorsqu'elle leva les yeux vers lui et appuya son menton sur sa poitrine.

— Ce n'est rien...

Il fronça les sourcils.

— C'est grave, au contraire ! protesta-t-il. Je suis bouleversé qu'elle t'ait fait du mal.

— Ne t'inquiète pas...

Elle donnait le change mais au ton de sa voix, il comprit qu'elle avait été affectée. Il voulait qu'elle soit honnête avec lui, comme il tentait de l'être avec elle. S'ils voulaient que leur mariage soit plus heureux que celui de ses parents, il leur faudrait faire preuve d'une franchise absolue l'un envers l'autre.

— Je voudrais mieux te connaître, lui dit-il, et être un bon mari.

Il sentit les muscles de son dos se raidir sous sa main.

— Je ne suis pas sûr de savoir comment faire, pour dire la vérité. Mais je veux essayer. Je déteste te voir souffrir sans savoir comment t'apporter mon aide.

Hailey garda le silence et, l'espace d'un instant, il craignit d'être allé trop loin. Ils avaient conclu un accord, mais cela ne signifiait pas qu'ils devaient avoir des conversations profondes, et très personnelles.

À sa grande satisfaction, Hailey se lova contre son épaule, et il retint son souffle.

12

Hailey n'avait pas réalisé à quel point il était furieux contre sa mère, qui l'avait traitée comme une intruse alors qu'elle était *son* invitée. La reine avait agi sous le regard de toute la famille, rappelant visiblement à Hailey de très mauvais souvenirs.

Si Gio avait perçu sa souffrance, il en ignorait l'origine. Il voulait savoir, il voulait la connaître, et il lui songea qu'elle pourrait tout simplement… lui dire, partager avec lui ce qu'elle avait ressenti.

Elle ferma les yeux, et commença à parler.

— Cela m'a rappelé mon enfance, commença-t-elle, avant de s'interrompre.

Elle ne savait toujours pas comment parler de son passé.

— Peux-tu m'en dire plus ? demanda doucement Gio, en lui caressant le dos, avant de remonter la couverture sur ses épaules.

— J'ai vécu dans beaucoup d'endroits différents. Dans beaucoup de familles différentes, lui dit-elle. Et… je ne me suis jamais sentie à ma place. Au début, je faisais des efforts, mais au bout d'un moment, je me suis résignée et j'ai cessé de lutter pour m'intégrer dans ma famille d'accueil. Je ne savais plus ce qu'il fallait faire ou ne pas faire.

Elle marqua une longue pause, puis reprit dans un soupir.

— Ça n'a jamais marché ! Même lorsque j'ai fini par être adoptée, il était trop tard. Je n'ai jamais eu de famille, et j'ai appris à me débrouiller seule. Alors quand ta mère m'a regardée comme une étrangère, ça m'a rappelé des souvenirs. C'est tout.

Elle se blottit un peu plus contre son épaule, même si le feu brûlait encore à côté d'eux et que leur couverture était plus que suffisante pour les protéger du froid.

Il resserra son étreinte. Il voulait qu'elle n'ait aucun doute sur le fait que sa place était ici, dans son lit, dans ses bras, et que le monde extérieur ne comptait pas, du moins pour l'instant. Bientôt, ils formeraient une famille, et c'était tout ce qui lui importait.

— Je suis vraiment désolé, dit-il. Ma mère t'a fait sentir que tu n'étais pas à ta place ici, et pour ma part, je pense tout le contraire.

— Ce n'était pas nouveau pour moi, hélas ! rétorqua Hailey avec un sourire forcé.

Il posa la main sur sa joue et attendit qu'elle lève les yeux vers lui pour affirmer :

— Tu as toute ta place ici, et je veillerai à ce que chacun te traite avec respect !

Touchée au plus profond, elle ne put s'empêcher de dissimuler son émotion derrière une ironie de façade.

— Oui. La petite vendeuse de fleurs orpheline adoptée par la famille royale ! Quelle belle histoire !

— Pourquoi pas ? répondit Gio. Tu verras, bientôt, on viendra nous photographier dans notre palais, et on te demandera quel prénom tu as choisi pour le futur héritier du trône !

Elle lui sourit et se libéra lentement de son étreinte.

— Comment peux-tu croire à une chose pareille ? demanda-t-elle. Les paparazzis vont adorer notre mariage de conte de fées, ainsi que les photos du bébé. M'aimeront-ils autant quand je serai devenue mère à temps plein ? Lorsqu'ils devront choisir entre le respect de ma vie privée et un article sur mon passé difficile qui fera exploser les ventes ?

— Rien de tout cela n'est réel, dit Gio en glissant doucement une boucle de cheveux derrière son oreille. Ces gens ne te connaissent pas.

— Mais ta mère m'a fait comprendre que je n'avais pas ma place dans cette famille et elle a raison. Ne me donne pas d'espoir ou de fausses attentes alors que nous connaissons tous les deux la vérité. La vie s'est toujours montrée cruelle avec moi, Gio. Même mes parents biologiques ne m'aimaient pas, sinon, ils ne m'auraient pas abandonnée. Ils n'ont jamais essayé de me retrouver, tu sais...

— Et toi, souhaiterais-tu les retrouver ? demanda-t-il.

Hailey secoua la tête.

— Oui. Enfin, non, plus maintenant. Je ne vois pas à quoi cela pourrait servir. Il est trop tard. Trop de dégâts ont été causés.

— Y a-t-il quelque chose que je puisse faire pour toi ? Je ne peux pas changer ma famille, ni ce que je suis. Mais je peux parler à ma mère et m'assurer qu'elle change son comportement à l'avenir.

Hailey secoua e nouveau la tête.

— Non, ça n'en vaut pas la peine. J'ai été exclue toute ma vie, et ce genre de choses ne vaut pas la peine qu'on s'y attarde. Mais...

Elle hésita, craignant d'aller trop loin, d'ouvrir trop son cœur.

— Parle-moi, murmura Gio.

— Je te remercie. Savoir que tu es là, et prêt à m'écouter, signifie davantage pour moi que tu ne le penses.

Il l'attira près de lui.

— Je pensais ce que j'ai dit, tu sais, murmura-t-il. Nous formerons bientôt une famille, tous les trois. Elle ne ressemble peut-être pas à aux autres familles, mais elle n'en a pas moins de valeur à mes yeux. Nous sommes faits l'un pour l'autre, Hailey, j'en suis sûr...

Hailey ferma les yeux quand il posa ses lèvres sur les siennes, et se fondit dans ce baiser. Elle n'avait peut-être pas sa place dans le grand palais, avec le roi et la reine, ou durant les cérémonies officielles. Mais avec Gio, où qu'ils se trouvent, elle avait l'impression d'être dans son élément. De vivre sa propre vie. D'être enfin libre.

Et rien ne lui était plus précieux au monde.

13

Loin de la famille de Gio, Hailey se détendait pour la première fois depuis leur arrivée à Adria. Grâce aux promenades autour du lac gelé, aux longues soirées au coin du feu et aux matins paresseux, Gio et elle avaient enfin la chance d'apprendre à se connaître. Ils échangeaient des anecdotes sur leur passé – sa lutte à elle pour trouver sa place, sa lutte à lui pour empêcher ses parents de contrôler son avenir. Et quelque part au milieu de tout ce chaos, sa vie cessa de ressembler à un rôle qu'elle jouait pour ressembler davantage à un chemin qu'elle choisissait pour elle-même.

Elle ne pouvait imaginer un meilleur choix que Gio. Il s'était montré très attentif depuis qu'ils s'étaient échappés du palais, et elle devait admettre qu'elle pouvait se faire à l'idée d'être vénérée, si c'était par un homme comme lui...

Mais leur isolement ne pouvait pas durer car, dans le cadre de leur accord avec les journalistes pour garder secrète la date du mariage, ils avaient accepté de donner une brève conférence de presse sur les marches du palais.

La veille du mariage, Hailey se réveilla dans l'appartement du palais. Le ciel était dégagé et une nouvelle couche de neige poudreuse était tombée pendant la nuit.

Les photos de fiançailles avaient été publiées le jour de Noël, au moment où Gio et elle s'étaient retirés au chalet, provoquant l'ire de la reine. Les réactions de la presse et du public avaient été aussi exubérantes qu'ils s'y attendaient, et Hailey se félicitait de la prévoyance de Gio qui avait décidé de les protéger tous deux en disparaissant pendant quelques jours.

Lorsqu'ils étaient rentrés, la veille au soir, ils avaient à peine eu le temps de se préparer pour rencontrer les journalistes. Le service de presse du palais avait assuré que ceux qui seraient présents avaient été prévenus : Hailey ne répondrait pas aux questions sur son passé ou sa famille, par souci de discrétion, et quiconque contreviendrait à cette règle ne serait pas le bienvenu au palais à l'avenir...

Hailey avait choisi sa tenue avec une équipe d'attachés de presse et d'assistants du bureau de Gio. Ses coiffeuses et ses maquilleuses étaient prêtes à la transformer en princesse. Tout ce qu'il lui restait à faire, c'était d'afficher un sourire permanent, de répondre aux questions pré-approuvées et de passer une bonne nuit de sommeil.

Ce dernier point pourrait d'ailleurs se révéler plus difficile qu'il n'y paraissait, songea-t-elle en jetant un coup d'œil à la place de Gio, tout près d'elle. Elle pourrait peut-être arguer de la tradition et insister pour faire chambre à part ce soir, si elle ne voulait pas s'assoupir à son propre mariage...

Elle n'avait pas vu la reine ou le roi depuis le jour de Noël et ne s'attendait pas à ce que leurs rapports se réchauffent de sitôt. En revanche, sa relation avec Gio était… brûlante de passion. Ils n'étaient pas encore jeunes mariés, et avaient à peine vu la lumière du jour au cours de la semaine qui venait de s'écouler. En tant que princesse, elle n'aurait jamais sa place dans cette nouvelle vie. Mais si elle réduisait son monde aux quatre murs de leur appartement, alors elle saurait où était sa place et s'y sentirait à l'aise. Si Gio n'avait pas un pays à diriger, elle insisterait pour rester toujours ici…

Elle fredonna de plaisir lorsque Gio se réveilla et l'entoura de ses bras, puis laissa ses yeux se fermer tandis que son odeur et sa chaleur l'assaillaient. *Ce serait tellement facile s'ils pouvaient rester toujours comme ça, enlacés* ! songea-t-elle avant que les lèvres de Gio ne se posent sur la pointe de son sein, l'entraînant dans un monde de félicité.

Elle souriait encore lorsqu'elle sortit de la salle de bains, quelques heures plus tard, et trouva ses assistantes dans sa chambre, déjà installées près de sa coiffeuse.

— Je suis désolé, Mme Thomas, dit l'une d'elles, mais nous manquions de temps et Son Altesse Royale a dit que nous pouvions nous installer.

— Tout va bien, dit-elle en resserrant machinalement son peignoir autour d'elle.

Même si elle ne quittait jamais ces quartiers, elle n'avait plus droit à une vie vraiment privée. C'était le prix à payer pour vivre avec Gio. La gêne qu'elle ressentait devant ces gens entrés dans sa chambre lui rappelait qu'elle n'était pas née dans ce milieu et n'y aurait jamais vraiment sa place.

Gio fit son apparition tandis qu'elle prenait place à la coiffeuse et s'approcha d'elle pour l'embrasser.

— Désolé de ne pas t'avoir prévenue avant d'aller ouvrir ! lança-t-il en s'éloignant. Ils avaient l'air stressés par l'heure et...

— Ce n'est pas grave, coupa-t-elle, consciente que son sourire avait probablement l'air un peu crispé.

Elle ne pouvait rien dire, parce qu'il y avait du personnel autour d'eux. Elle n'était pas ignorante au point de ne pas savoir qu'il ne fallait pas parler de choses privées devant eux. Mais plus tard, quand ils seraient seuls, elle devrait le faire. Elle avait besoin d'un espace sûr, où elle ne serait pas dérangée, et comptait bien faire respecter son intimité.

Hailey se demandait qui avait donné des instructions aux coiffeuses et maquilleuses. Un peu distraite, elle s'aperçut, alors que son maquillage était presque achevé, qu'on ne lui avait pas demandé son avis. Alors, était-ce le conseiller du palais, Gio ou sa mère qui avait décidé de l'apparence de ses cheveux aujourd'hui ?

Il n'y avait pas de bonne réponse à cette question. L'idée d'être habillée comme une poupée par l'une de ces personnes lui était désagréable, mais elle n'eut pas le temps de protester car très vite, on lui tendit des vêtements en la poussant vers la salle de bains.

Elle n'avait qu'à se laisser faire aujourd'hui, et même si cela n'était pas très plaisant, il s'agissait de *son* mariage, dont les grandes lignes avaient déjà été discutées avec Gio. Cependant, elle se sentait à nouveau comme une enfant à la merci des adultes...

Depuis qu'elle était arrivée à New York, elle avait construit son propre avenir, terminé ses études d'histoire de l'art et appris la fleuristerie. Elle était sur le point de perdre l'entreprise et la carrière qu'elle avait passé des années à construire, pour une vie où on lui dirait comment se tenir, quelques vêtements porter et quoi dire. Elle savait qu'en acceptant la proposition de Gio, elle commencerait une nouvelle vie. Mais elle ignorait que celle-ci ressemblerait autant à son ancienne vie, et lui rappellerait de mauvais souvenirs...

La main de Gio se posa sur la sienne alors qu'elle se tenait devant la grande porte à double battant.

— Tu es prête ? demanda-t-il.

Son sourire ne vacilla pas.

— Bien sûr...

Sourire... Faire un signe de la main... Montrer à quel point elle était amoureuse de Gio, puis s'éclipser élégamment. Oui, elle pouvait le faire !

La clameur retentit dès que la porte s'ouvrit, et elle redressa la tête en arrivant en haut des marches. Tout sourire, elle répondit aux questions des journalistes.

Comment trouvez-vous Adria ?

« C'est un pays magnifique. »

Comment vous êtes-vous rencontrés, le prince et vous ?

« Au mariage d'un ami commun », répondit Gio.

Que pense la famille royale de l'arrivée d'une roturière en son sein ?

Vos parents assisteront-ils à la cérémonie ?

Hailey se figea. Ces questions ne figuraient pas sur la liste des questions qu'on lui avait transmise. Quelqu'un avait manifestement eu vent de ses antécédents et avait décidé de la pousser dans ses retranchements. Étaient-ils au courant de sa grossesse ? Instinctivement, elle posa la main sur son ventre.

— Nous allons vous laisser, maintenant, dit Gio, avec dans la voix une dureté qu'elle n'avait jamais entendue auparavant.

Il lui passa le bras autour des épaules et la conduisit à l'intérieur, puis il referma la porte derrière eux.

Quand elle ouvrit la bouche, Hailey se rendit compte qu'elle ne savait pas quoi dire. Malgré ses promesses, le service de presse n'avait pas pu empêcher les questions difficiles, qui lui semblaient maintenant inévitables. Elle avait *prévenu* Gio que cela arriverait, et pourtant elle avait naïvement cru qu'il pourrait la protéger.

Lorsque les journalistes avaient mentionné ses parents, elle s'était demandé de quels parents ils voulaient parler : ses parents biologiques ? Ses parents adoptifs ? Elle ressentit une soudaine culpabilité vis-à-vis de ces derniers, qu'elle n'avait pas informés de son mariage... ni de sa grossesse. Ils méritaient mieux, pourtant, que de l'apprendre par les journaux.

Elle ferma les yeux, essayant de faire taire les questions qui l'envahissaient.

— Respire profondément...

Elle frissonna. Même les bras de Gio autour d'elle ne suffisaient pas à la réchauffer.

— Hailey, je suis vraiment désolé, dit Gio. Je sais pertinemment que le conseiller est au téléphone avec un rédacteur en chef en ce moment même. Ils ne t'approcheront plus jamais, je te le promets !

— Tu crois que c'est vrai, Gio ? Que mes parents sont fâchés que je ne les aie pas invités au mariage ?

Gio serra ses mains dans les siennes.

— Je pense que tu connais la réponse à cette question mieux que moi, dit-il. Mais tu n'as jamais exprimé le désir de les voir assister à la cérémonie. Je pense que tu peux te faire confiance pour savoir ce que tu veux. Ce dont tu as besoin. Ce qui est bon pour toi. Si je peux faire quelque chose pour t'aider...

Elle se redressa un peu, ouvrit les yeux et revint à l'instant présent.

— Non, merci. Je crois que j'ai envie de retourner dans notre chambre, maintenant.

— Bien sûr, j'annule le rendez-vous suivant...

— Non. J'ai juste besoin d'être seule un moment, dit-elle en tournant les talons.

Gio regarda Hailey s'éloigner de lui, avec le sentiment qu'elle était blessée, et que sa blessure serait difficile à soigner. Il avait l'impression aussi qu'Hailey se montrait distante depuis leur retour au palais.

Au chalet, elle s'était montrée ouverte et détendue. Mais une fois qu'ils étaient revenus auprès de ses parents, il avait vu un changement. La raideur de son dos, la crispation de son sourire, l'hésitation dans sa voix... Il avait l'impression qu'elle aurait préféré être ailleurs qu'ici, avec lui. Il ne savait pas comment l'atteindre.

Ils devaient se marier le lendemain et pour l'instant, il n'était même pas être sûr qu'Hailey viendrait. Soudain, il eut une vision d'horreur : lui, seul devant l'autel, en train d'attendre une mariée qui ne viendrait pas...

Il dut secouer la tête pour chasser la certitude soudaine que si elle ne l'épousait pas demain, il aurait le cœur brisé. Et cela ne pouvait signifier qu'une chose : malgré toutes ses précautions, tous les avertissements sévères qu'il s'était lancés, il était tombé amoureux d'elle. Il avait cédé petit à petit, au point qu'il s'en était à peine rendu compte. Et maintenant, il était à sa merci.

Il frissonna à cette idée. Tout ce qu'il pouvait faire, désormais, c'était faire confiance à Hailey, qui lui avait donné sa parole : elle serait là demain. S'il ne pouvait pas y croire pleinement, comment pouvait-il espérer être heureux avec elle ?

Se retrouverait-il, dans vingt ans, dans la même situation que ses parents ?

Non. Il ne pouvait pas penser comme ça. Il devait honorer la promesse qu'Hailey et lui s'étaient faite. Ils étaient convenus que ce mariage serait fondé sur l'amitié, sur l'engagement envers leur enfant. Ils avaient choisi cela pour eux-mêmes, pour avoir une vie meilleure, et non uniquement par sens du devoir.

Il laissa donc à Hailey l'espace qu'elle lui avait demandé dans l'espoir qu'elle reviendrait vers lui. Et si elle changeait d'avis ? Si elle décidait qu'elle avait fait une erreur en venant ici et voulait prendre le premier vol pour New York ? Elle aurait besoin de soutien.

Il resta assis, les doigts posés sur l'écran de son téléphone, brûlant de l'appeler. Mais il ne pouvait pas dépasser les limites qu'elle avait fixées, et Hailey n'avait besoin de personne… Sauf peut-être d'une seule personne qui, il en était sûr, sauterait dans un avion en un clin d'œil s'il le lui demandait.

Il composa son numéro.

14

Assise devant son miroir, un pinceau à la main, Hailey se demandait pourquoi elle n'arrivait pas à se maquiller. Elle avait congédié l'équipe chargée de la préparer, ne supportant pas de les voir s'affairer autour d'elle.

Toute sa vie, elle s'était débrouillée seule, et il n'y avait aucune raison d'arrêter aujourd'hui. Mais cela faisait déjà une demi-heure qu'elle était assise là, sa robe de chambre nouée autour des sous-vêtements en soie ivoire apparus dans sa commode ce matin-là, et elle n'avait même pas encore commencé.

Elle voulait épouser Gio mais, pour une raison étrange, elle n'arrivait pas à se mettre en mouvement pour l'autel.

Elle repensa à la conférence de presse de la veille. Les questions posées l'avaient replongée dans un passé qu'elle aurait préféré oublier, et qui jetait une ombre sur l'événement à venir, censée être le plus beau jour de sa vie !

Mais pourquoi s'inquiéter de cela aujourd'hui ? Mieux valait se demander pourquoi Gio n'était pas venu se coucher près d'elle, la veille au soir. Bien sûr, il voulait respecter la tradition. Il lui avait fait livrer un magnifique bouquet – aucun autre homme n'avait jamais osé lui envoyer des fleurs – avec un mot à la fois drôle et tendre.

Elle soupirait en songeant à sa douce étreinte, au goût de ses lèvres sur les siennes, lorsqu'elle entendit frapper à la porte. Gio ? Le cœur battant, elle cria « Entrez ! », sans même se lever… et se figea en découvrant Gracie.

— Gracie ? Mais qu'est-ce que… ?

— Il paraît que tu te maries aujourd'hui, lança Gracie. Je ne pouvais pas manquer ça, quand même !

Hailey rit à travers ses larmes, tandis que Gracie la serrait dans ses bras.

— Je suis tellement heureuse que tu sois là ! dit Hailey, le souffle coupé.

— Alors pourquoi tu ne m'as pas appelée ? demanda Gracie avec un regard de reproche. Tu aurais dû savoir que je viendrais.

Hailey secoua la tête.

— C'est le nouvel an. Tu as travaillé pendant toutes les vacances. Je ne voulais pas t'imposer un décalage horaire alors que tu aurais dû rattraper ton retard de sommeil.

En guise de réponse, Gracie la serra plus fort encore dans ses bras.

— Les gens qui t'aiment sont toujours là pour toi, quoi qu'il arrive. C'est ça, la famille, Hailey…

Hailey cligna des yeux pour en chasser les larmes, tandis que Gracie la libérait, avant de reculer d'un pas et de la regarder d'un œil critique.

— Excusez-moi, jeune fille, mais n'êtes-vous pas censée vous marier dans deux heures ? Croyez-vous que ces cheveux non brossés et ce nez brillant soient dignes de la future princesse d'Adria ?

En voyant Gracie prendre une brosse et la brandir d'un air menaçant, Hailey s'assit docilement devant la coiffeuse.

— Si tu ne restes pas tranquille jusqu'à ce que j'aie terminé, je prends ta place ! gronda Gracie. Je ne sais pas où tu as trouvé ce prince de conte de fées, mais il est vraiment merveilleux !

— Oui, et c'est un homme d'honneur, dit Hailey avec prudence. J'ai de la chance qu'il soit prêt à tout pour donner à notre bébé le meilleur départ possible.

La main de Gracie s'immobilisa, et Hailey ne put éviter son regard incrédule, dans le miroir.

— Un homme d'honneur ?

Hailey acquiesça, tout en affichant un sourire un peu trop crispé.

— Ce mariage n'est pas un conte de fées, Gracie. Si je n'étais pas tombée enceinte, nous ne nous serions pas revus...

Gracie secoua la tête en brossant vigoureusement les cheveux d'Hailey.

— Es-tu en train de me dire qu'il n'y a aucun sentiment entre vous ?

— Eh bien, pas exactement...

Gracie haussa un sourcil, un léger sourire aux lèvres.

— Ce qui veut dire ?

— Eh bien... nous allons nous marier. Et il est évident que nous sommes attirés l'un par l'autre, sinon...

— Alors tu couches avec lui ?

Hailey faillit se froisser un muscle du cou en tournant la tête.

— Gracie !

— Je prends cela pour un « oui » ! dit son amie en riant. Hailey perçut l'expression satisfaite sur son visage.

— Alors, reprit Gracie, tu partages le lit de cet homme merveilleux qui veut t'épouser pour fonder une famille. Peux-tu me dire où est le problème ? Parce que moi, je ne le vois pas !

— Il ne m'aime pas, Gracie, dit Hailey simplement. Et, même s'il est très difficile de résister, je ne veux pas l'aimer. J'ai trop peur de souffrir.

Gracie soupira et posa les mains sur ses épaules.

— Tu es sûre de ce que tu dis ? demanda-t-elle doucement.

— Sûre qu'il ne m'aime pas ?

— Oui.

Hailey se tourna sur le tabouret pour faire face à Gracie.

— Nous nous sommes mis d'accord pour être amis... et plus si affinités, admit-elle. Mais je crois que je me suis menti à moi-même en imaginant qu'il pouvait y avoir autre chose. Hélas, mes sentiments ne sont pas réciproques, et aimer sans être aimée en retour est très douloureux.

— S'aimer et ne jamais se l'avouer n'est pas le gage d'un mariage heureux non plus ! répliqua Gracie.

— Es-tu en train de dire que nous devons renoncer à ce mariage, Gracie ?

— Non. Je dis que tu dois l'épouser, si cela te semble juste. Mais que cela ne t'empêche pas de continuer à dialoguer avec lui. Soyez honnêtes l'un envers l'autre et voyez ce que vous souhaitez faire de cette union. Ne la condamnez pas dès le départ.

Gracie s'interrompit pour lui jeter un regard sévère.

— Et si tu ne peux pas être honnête avec lui, que tu veux revenir à New York pour élever ce bébé avec sa tata Gracie, eh bien… je vous ferai une place à tous les deux. C'est ton choix, ma chérie, et sache que je te soutiendrai quoi qu'il arrive.

— J'ai de la chance d'avoir une amie comme toi, dit Hailey en serrant Gracie dans ses bras. Au lieu de me lamenter sur mon sort, je devrais être sur un petit nuage, ce matin : je vais épouser un prince !

— Tu le mérites ! Je suis désolée que tu aies du mal à croire en l'amour, même si je comprends pourquoi tu es si méfiante. Mais je t'aime sincèrement, et il n'y a aucune raison pour que Gio ne t'aime pas sincèrement lui aussi.

Elle la fit rasseoir et entreprit de dompter sa chevelure rebelle.

— Maintenant, dis-moi ce que tu veux comme coiffure. Je vais aller me chercher un café pour te laisser le temps de réfléchir…

Une fois seule, Hailey fixa son reflet dans le miroir. Si elle voulait changer d'avis, c'était maintenant ou jamais ! Elle n'était pas assez cruelle pour attendre la dernière minute. Elle imaginait Gio qui l'attendait, debout dans la pièce baignée de soleil, et sentit son cœur se serrer à l'idée de lui faire du mal.

— C'est décidé : je vais l'épouser, murmura-t-elle pour elle-même en attrapant son fond de teint et son pinceau.

Quand Gracie revint avec du café et des pâtisseries, venait tout juste d'appliquer un joli rouge à lèvres rose tendre.

— Alors, tu as pris ta décision, à ce que je vois ? lança Gracie.

— Oui, si j'arrive à passer cette robe !

Il s'agissait d'une simple robe de soie ivoire fluide avec de jolies manches ballon, décolletée et boutonnée dans le dos. Elle l'avait choisie à la va-vite le lendemain de son arrivée au palais, fatiguée par le décalage horaire et par la succession rapide d'événements qui l'avaient amenée ici, à Adria.

Elle passa les mains sur son ventre, là où grandissait son bébé, et lissa doucement la soie. Cette robe était très élégante et lui allait bien, épousant sans les mouler les courbes de son corps.

Elle se sentit belle, tout à coup, et heureuse de dire « oui » pour la vie à cet homme merveilleux. Avec lui, elle voulait construire un avenir, construire quelque chose...

— Alors, tu es prête ? demanda Gracie, après avoir passé un long moment à la coiffer.

— Oui, fin prête ! déclara Hailey en glissant ses pieds dans des escarpins de soie ivoire qui lui allaient parfaitement, sans qu'elle les ait jamais essayés auparavant.

Elle savait qu'il y avait des avantages à entrer dans cette famille, mais ce n'est qu'en faisant ses premiers pas dans ces chaussures sur mesure qu'elle réalisa à quel point la vie de princesse pouvait être confortable.

Comme elle mettait la dernière touche à sa tenue, on frappa discrètement, et une domestique apparut.

— Excusez-moi, dit-elle, le visage un peu crispé. Il y a un léger contretemps.

— Oh...

Hailey était incapable d'en dire plus, et ce fut Gracie qui intervint.

— Que se passe-t-il ? demanda-t-elle avec une franchise toute new-yorkaise.

— Eh bien... Euh... Son Altesse Royale a disparu !

Hailey laissa tomber son bouquet, tandis que Gracie posait les mains sur ses épaules.

— Je sais ce que tu penses, mais arrête tout de suite. Tu fais fausse route, déclara-t-elle.

— Il est parti. Il a changé d'avis, dit Hailey d'une voix tremblante.

Trop faible pour rester debout, elle se laissa tomber sur une chaise.

— Tu exagères ! Ce palais est immense et il est très facile de s'y perdre. Gio a peut-être décidé de se retirer dans un recoin secret avant de faire son entrée ? Ne me dis pas qu'il ne t'a pas fait découvrir quelques endroits secrets...

Comme un sourire se dessinait sur ses lèvres, Hailey reprit des couleurs.

— Si ! Un jour, il m'a montré un petit passage...

— Tu vois ! Il ne t'a pas abandonnée.

— Qu'en sais-tu ?

Gracie soupira et vint s'asseoir à côté d'elle pour la rassurer.

— Tu as raison. Je ne peux pas faire de promesses en son nom. Mais je peux les faire en mon nom propre. Quoi qu'il arrive, je ne t'abandonnerai pas. Je serai là, avec toi. Tu ne seras pas seule...

Comme on frappait de nouveau à nouveau à la porte, Gracie alla ouvrir, et tenta d'utiliser son corps pour dissimuler la personne qui se trouvait sur le seuil. Mais Hailey savait déjà de qui il s'agissait. C'était Gio, bien sûr ! Et il était venu pour rompre avec elle, car il s'était rendu compte qu'il ne pouvait pas épouser une femme qu'il n'aimait pas. Il ne voulait pas sacrifier son bonheur, son avenir pour donner à son enfant un nom et une éducation dignes de ce nom. Pour lui offrir la famille et la sécurité que Hailey n'avait jamais eues...

— Gracie, laisse-le entrer, dit-elle.

Il était inutile de tenter de repousser l'inéluctable. Plus vite elle sortirait de ce palais et retrouverait sa vie d'avant, mieux cela vaudrait. Ce n'était pas en gagnant du temps qu'on pouvait changer l'issue de cette histoire...

Gracie s'effaça pour laisser passer Gio, qui marqua un léger arrêt une fois qu'il eut franchi le seuil. Avec son costume bleu nuit et sa chemise immaculée, il ressemblait à un vrai prince de contes de fées ! Seuls ses cheveux en bataille trahissaient ses pensées. Elle le regarda y passer la main, nerveux.

— Hailey, dit-il d'une voix rauque. Je pense qu'il faut que nous parlions, tous les deux.

Hailey laissa échapper un soupir résigné.

— Je ne pense pas que ce soit nécessaire, dit-elle.

Il posa sur elle un regard surpris.

— Ah bon ?

Elle secoua la tête, incapable de lever les yeux du sol.

— Non. Je pense que si nous décidons d'annuler la cérémonie, moins nous en dirons, mieux ce sera. Cela a toujours été une idée folle. Je suis désolée qu'il m'ait fallu autant de temps pour le comprendre.

Enfin, elle leva les yeux. Le visage de Gio s'était durci. Sa bouche n'était plus qu'un mince trait, et un profond sillon s'était creusé entre ses sourcils.

— Hailey... Tu veux annuler notre mariage un quart d'heure avant le début de la cérémonie ? Tu es sérieuse ?

Elle écarquilla les yeux. N'était-ce pas ce qu'il voulait, lui aussi ? Sinon, pourquoi serait-il ici ?

— Mais... c'est ce que tu es venu dire, n'est-ce pas ? bredouilla-t-elle, en proie à la plus grande confusion.

— Tu es très sûre de toi, n'est-ce pas ? Te sens-tu capable de renvoyer nos invités chez eux et de congédier l'officiant devant tous les dignitaires d'Adria ?

— Je n'ai invité personne ! lança-t-elle, amère.

Gio se prit la tête dans les mains, accablé.

— Je n'arrive pas à y croire...

— Que veux-tu que je fasse ? demanda Hailey, qui se sentait impuissante, tout à coup. Que je pleure et je te supplie de changer d'avis ? À quoi cela servirait-il ?

Gio la fixa et elle se sentit faiblir sous son regard.

— Oh ! je ne sais pas ! Mais ça vaut peut-être la peine de se battre pour sauver notre relation ?

— Et c'est pour ça que tu es venu, n'est-ce pas ?

Elle était en colère maintenant, et ne se souciait pas de se refréner.

— Alors que je m'apprêtais à te rejoindre, mon bouquet

à la main ? Si tu étais vraiment intéressé par cette relation, nous serions déjà mariés !

— Mais ce n'est pas le cas, dit lentement Gio en s'approchant d'elle, parce que je craignais que tu n'aies des doutes et reviennes sur ta décision. Je devais m'assurer que c'était vraiment ce que tu voulais.

— Cela fait à peine vingt-quatre heures que je t'ai quitté, Gio…

— Parce que tu avais besoin de temps…

Elle éclata d'un rire amer.

— Et c'est *maintenant* que tu remets tout en question ? Pas hier soir ? Ni ce matin à la première heure ? Tu choisis la toute *dernière* minute pour me briser le cœur, c'est ça ?

Il leva les yeux vers elle, abasourdi.

— Comment ça, te briser le cœur ? Tu as toujours dit clairement que tu ne faisais ça que pour le bébé. Que tu m'épousais pour lui offrir la stabilité, et…

— Tu parles de moi, alors que c'est toi qui m'épouses de crainte que tes parents ne te contraignent à épouser quelqu'un d'autre ? Maintenant que je porte ton enfant, tu es un peu obligé de me proposer le mariage, de toute façon, non ? Te voilà prisonnier !

Gio secoua la tête, comme s'il n'arrivait pas à croire ce qu'il entendait. Lorsqu'il prit la parole, il parla lentement, articulant chaque mot.

— Hailey… Si je t'ai demandé ta main, c'est parce que je t'aime. Parce que, bébé ou pas, tu es la femme avec qui je veux passer le reste de ma vie. Oui, je veux que notre mariage soit un moment de joie et de bonheur partagé ! Oui, je veux élever mon enfant avec toi et vivre la vie que nous aurons choisie tous deux. Je suis tombé amoureux de toi, Hailey, bien malgré moi, parce que tu es la femme que tu es. Une femme merveilleuse…

Elle le dévisagea, essayant d'assimiler ses paroles.

— Tu veux dire que… tu as essayé de ne pas tomber amoureux de moi, mais que tu as échoué ? demanda-t-elle, certaine d'avoir mal entendu.

— En effet, c'est ce que je viens de dire.

Les mots de Gio étaient clairs et précis, et ne laissaient rien transparaître de l'émotion qui l'animait.

— Alors, tu n'es pas venu ici pour rompre avec moi ? reprit Hailey, perdue.

— Je suis venu ici parce que je m'inquiétais pour toi, expliqua Gio d'un ton très doux.

Il fit un pas vers elle, puis ajouta :

— Parce que je me soucie de toi, tu sais…

— Alors, tu veux toujours m'épouser ?

Gio se passa les mains dans les cheveux, et Hailey dut refréner son envie de lisser ses boucles rebelles.

— Tu *veux* que je te laisse ? demanda-t-il.

De nouveau, sa frustration transparaissait dans sa voix.

— Non ! protesta Hailey, en réduisant la distance qui les séparait.

Elle prit ses mains dans les siennes.

— Je n'essayais pas de te décourager, Gio. Je pensais que tu voulais partir et il était plus facile de te repousser que d'admettre à quel point cette idée me faisait mal. Je veux toujours t'épouser, tu sais…

Soudain, Gracie fit entendre un léger toussotement.

— Euh…

Hailey sursauta. Elle avait oublié que son amie était là.

— De l'autre côté de cette porte, une foule de gens vous attend avec impatience. Je ne veux pas vous mettre la pression, mais est-ce que vous allez vous marier, oui ou non ?

Hailey interrogea Gio du regard, puis murmura :

— Je veux t'épouser. Je suis désolée d'avoir paniqué.

Il la regarda pendant une longue minute, puis dit avec un sourire qui n'atteignait pas ses yeux :

— D'accord. Alors marions-nous !

Gracie tendit son bouquet à Hailey, qui le serra si fort que les tiges se brisèrent sous ses doigts. Puis elle glissa son bras sous celui de Gio et, ensemble, ils quittèrent la chambre.

15

Gio demeura impassible pendant toute la cérémonie, répétant les mots familiers de la liturgie et s'accrochant à la main d'Hailey comme s'il craignait qu'elle s'échappe. Il s'était à peine remis du choc qu'elle avait provoqué en lui en lui annonçant avoir songé à rompre leur mariage. Même maintenant, devant l'officiant, il n'était pas tout à fait sûr que ce soit vraiment ce qu'elle voulait.

Certes, elle avait refusé d'annuler la cérémonie, mais qui était capable d'annuler un mariage à la dernière minute ? Cependant, le fait qu'elle soit là, devant lui, ne signifiait pas qu'elle ait le désir de partager sa vie avec lui.

Lorsqu'ils furent déclarés mari et femme, il se pencha vers elle et l'embrassa. Mais il sentit qu'entre eux, quelque chose s'était brisé que ces vœux de mariage n'avaient pas suffi à réparer.

Parce qu'il lui avait tout raconté : sa lutte constante pour ne pas tomber amoureux d'elle – et son échec total. Les doutes qui l'assaillaient concernant leur avenir et celui de leur enfant...

Elle était restée là, à l'écouter, ses mains dans les siennes. Elle allait devenir sa femme mais rien ne suggérait qu'elle partageait ses sentiments, ni même qu'elle pourrait en avoir envie un jour. C'est ainsi que, quelques instants avant son mariage, ses pires craintes étaient devenues réalité : il était tombé amoureux de quelqu'un qui ne l'aimait pas en retour. Et il était piégé un mariage qui, il en était sûr, battrait rapidement de l'aile, trop semblable à celui de ses parents pour qu'il s'y sente à l'aise.

— Tout va bien ? demanda Hailey dès qu'on les laissa un instant seuls, entre deux séances de photos.

— Très bien, dit Gio d'un ton neutre.

Hailey haussa un sourcil.

— Parce que tu n'as pas dit un mot de tout l'après-midi.

— J'ai l'impression de n'avoir fait que parler, au contraire !

— À tes invités, peut-être, mais pas à moi ! précisa Hailey.

— Il y a beaucoup de monde, ici, souligna-t-il comme pour s'excuser.

Malgré leur décision d'aller jusqu'au bout, rien n'était vraiment réglé entre eux. Ils avaient laissé beaucoup de questions en suspens ce matin-là, et la situation pouvait s'envenimer. Or, il avait besoin d'être seul avec elle pour désamorcer le conflit qu'il sentait poindre.

Une ligne apparut entre les sourcils d'Hailey, et il ne put s'empêcher d'y poser le doigt. Il ne supportait pas de la voir si peu sûre d'elle, de lui.

Son visage était tourné vers sa paume, sa joue épousait parfaitement sa main, et pour la première fois depuis qu'ils avaient été déclarés mari et femme, il s'autorisa à prendre une profonde inspiration. Ce contact était certes frustrant, mais c'était mieux que rien, surtout quand on ne pouvait pas avoir une vraie conversation. Nul ne savait si cela durerait, entre eux, mais on ne pouvait pas nier que le courant passait, en ce moment. Son amour n'était peut-être pas réciproque, mais elle partageait son désir d'être proche, de sentir sa peau sur sa peau, son corps tout près du sien...

Il passa son pouce sur la pommette d'Hailey, effleura le coin de sa bouche, puis le velours de sa lèvre. De sa main libre, il tourna doucement le visage de la jeune femme vers le sien.

— Nous sommes mariés... dit Hailey, un peu étourdie, tandis qu'il caressait son cou.

— Tu es ma femme, répondit-il, possessif.

Il se pencha et effleura ses lèvres d'un baiser plus doux et plus sensuel que leur premier baiser en tant que mari et femme. Éperdue, Hailey soupira, glissa les bras autour de sa taille et se cambra contre lui.

Il prit sa bouche, puis approfondit leur baiser, tout en l'attirant à lui d'une main posée sur ses reins. Lorsqu'elle enroula les bras autour de son cou, il souffla contre sa bouche :

— J'ai hâte de t'emmener à l'étage, dans notre chambre...

Ils se séparèrent enfin, et quand Hailey le regarda, hébétée, sa fierté masculine se réveilla devant ses pupilles élargies et ses joues rosies. Elle n'avait pas répondu à sa déclaration d'amour, tout à l'heure, mais il ne put s'empêcher de penser qu'elle répondait maintenant.

En tout cas, même s'il se trompait sur les sentiments d'Hailey à son égard, lui ne voulait personne d'autre qu'elle. Il la serra dans ses bras, incapable de la laisser partir, au risque d'avoir le cœur brisé.

De nouveau, le photographe apparut.

— Vos Altesses Royales, dit-il depuis la petite estrade où il finit d'installer les lumières, nous sommes prêts !

Mais Gio n'était pas tout à fait préparé à la laisser partir. Il la fixa encore un moment avant de pouvoir détacher son regard, et laissa son bras sur sa taille. Il la voulait à ses côtés, son corps pressé contre le sien, pour le reste de la journée. Jusqu'à ce qu'il soit sûr de ne pas avoir rêvé...

Sûr qu'Hailey était à lui et qu'il allait pouvoir la garder.

Il n'eut pas à faire semblant de sourire pour les photos, comme il l'avait craint. Son sourire était un peu niais, il s'en rendait compte, mais il s'en moquait. Son cœur était exposé à la vue de tout le royaume, et il ne pouvait plus rien faire pour le protéger.

Lorsqu'ils regagnèrent leur chambre ce soir-là, Hailey avait la tête qui bourdonnait, et cela n'avait rien à voir avec la coupe de champagne servie cet après-midi-là, dont elle n'avait du reste bu qu'une gorgée.

Non, elle se repassait en boucle les vœux de mariage, la déclaration d'amour de Gio, et les conversations qu'elle avait eues avec des dignitaires étrangers, qu'elle n'aurait pu ni nommer ni distinguer les uns des autres. Elle n'avait pas eu un seul instant de répit pour digérer tout cela, assaillie par une foule d'émotions qui rendaient toute réflexion impossible.

Pour la première fois, elle était seule avec Gio. Et certaine que personne ne viendrait les déranger jusqu'au lendemain. Ils étaient *mari et femme*, désormais, se dit-elle. Ils avaient uni leurs vies et ce serment ne pouvait être défait. Oh ! ils pouvaient se séparer, bien sûr, mais leur engagement demeurerait...

Il était son *mari*. Il était sa famille. Le père de son enfant. Son époux légal. Et il l'aimait ! Du moins, était-ce ce qu'il avait tenté de lui dire juste avant la cérémonie. Il ne l'avait pas quittée depuis le baiser qui avait scellé leur union, et, tout au long de la journée, elle avait senti la pression insistante de ses doigts sur sa hanche, sa taille, son épaule, comme s'il craignait toujours qu'elle ne s'enfuie. Si elle avait pensé que la cérémonie de mariage dissiperait la tension née ce matin-là, elle en aurait été pour ses frais !

Une fois dans la chambre, Gio referma la porte derrière lui d'un coup de pied, et avant qu'Hailey comprenne ce qui se passait, il la plaqua contre le mur.

— Tu es ma femme, souffla-t-il, fou de désir, avant d'embrasser son cou.

Elle le repoussa doucement. Avant d'aller plus loin, elle avait quelque chose d'important à lui demander, quelque chose qu'elle avait passé la journée à tourner et retourner dans son esprit, tout en se demandant si elle ne l'avait pas imaginé.

Elle avait dû se résoudre à le laisser faire ce qu'il voulait pendant leur nuit de noces et à avoir cette conversation plus tard.

— Mmm... ? Gio ?

Après avoir émis une vague protestation, Gio continua de l'embrasser, et elle dut faire appel à toute sa volonté pour ne pas répondre à ses caresses. Elle avait tellement envie de lui !

— Gio ? Écoute-moi, s'il te plaît, dit-elle.

— Je t'écoute, répondit-il, avant de prendre ses seins en coupe.

— Tout à l'heure, tu... m'as dit que tu m'aimais, tu te souviens ?

Il leva les yeux, une expression de surprise dans le regard, et elle se maudit de ne pas avoir attendu pour poser la question. Car, si elle se trompait, ils ne pourraient pas reprendre là où ils venaient de s'arrêter, et leur étreinte demeurerait inachevée. Quelle frustration !

Gio la regarda, le souffle coupé, pendant si longtemps qu'elle fut convaincue de l'avoir blessé. Puis il commença à parler, d'une voix hésitante, et elle ressentit un frisson d'impatience.

— Je n'arrive pas à croire que tu me poses cette question-là.

Hailey eut l'impression que le sol se dérobait sous ses pieds. Elle se sentait très vulnérable, tout à coup.

— Je suis désolée, ajouta-t-elle avec un sourire d'excuse. Je ne devrais pas te demander ça. Pas maintenant... J'ai eu tort d'aborder le sujet. Peux-tu juste oublier ce que je viens de dire ?

Il tourna vers elle un regard sérieux.

— Je t'ai dit que je t'aimais aujourd'hui sans entendre de réponse, Hailey. Je ne pense pas que je puisse supporter de recommencer.

Elle le regarda, stupéfaite.

— Alors, c'est vrai ? Tu m'aimes vraiment...

Il hocha la tête.

— Bien *sûr que* je t'aime, souffla-t-il en posant son front contre le sien. Je t'ai probablement toujours aimée, même si j'ai essayé de m'en défendre, de lutter contre mes sentiments. Mais je sais que tu ne les partages pas, et pour être tout à fait honnête, je préférerais faire autre chose que de parler de ça en ce moment.

— Comment ça, je ne partage pas tes sentiments ? répéta Hailey, avant de poser doucement la main sur sa joue. Je ne sais pas moi-même ce que j'éprouve ces jours-ci, alors je ne vois pas comment toi, tu pourrais en être certain !

— Eh bien, certains signes parlent d'eux-mêmes, répondit Gio.

Soudain, Hailey se figea. Se pouvait-il qu'entre eux, il s'agisse d'un simple... malentendu ?

Prise d'une impulsion soudaine, elle posa la main sur son torse, comme pour vérifier qu'il était bien réel, et ne plaisantait pas.

— Bien sûr que je t'aime ! déclara-t-elle en plantant ses yeux dans les siens. Mais j'ai beaucoup de mal à avouer mes sentiments, de crainte de me mettre à nu et de...

Bouleversée, elle baissa la tête.

— J'ai laissé derrière moi ma vie, mon entreprise, mon appartement et mes amis pour partir à l'autre bout du monde pour vivre dans un pays inconnu, avec toi et tes horribles parents ! Comment peux-tu douter de ce que je ressens pour toi ?

— Mais tu as fait tout ça pour le bébé, non ? dit Gio,

un soupçon d'espoir dans sa voix. Enfin... c'est ce que tu m'as dit, en tout cas.

— C'est ce que je me racontais pour ne pas avoir à m'avouer que je t'aimais, dit Hailey avec un soupir.

Gio posa la main sur sa joue.

— Alors... tu m'aimes ? souffla-t-il.

Hailey leva les yeux au ciel et attrapa sa cravate pour l'attirer à elle.

— Oui, je t'aime, mon amour, dit-elle en le regardant droit dans les yeux. Je suis tombée amoureuse de toi il y a longtemps, et je n'ai pas l'intention de cesser de t'aimer un jour. Et comme tu m'as épousée ce matin, j'ai bien peur que tu doives t'habituer à moi.

Elle fut récompensée par un sourire ravageur, qui n'était que pour elle.

— Eh bien, cela tombe bien, dit-il, car je n'ai pas l'intention de te laisser partir...

Plus tard, allongée entre les draps froissés, Hailey faisait tourner son alliance autour de son doigt, un sourire béat aux lèvres.

— Je n'arrive pas à croire que les choses aient pu être si compliquées, entre nous, dit-elle, en appuyant la joue contre la poitrine de Gio.

Celui-ci marmonna une vague réponse, et elle sourit en pensant au moment merveilleux qu'ils venaient de partager.

— Tu te souviens, la dernière fois que nous avons discuté comme ça, il y a trois mois, à New York ? ajouta-t-elle.

Après avoir fait l'amour avec passion, ils étaient restés

longtemps enlacés, comblés et heureux de cette parenthèse enchantée. Mais le lendemain, elle avait regretté de ne pas avoir tenté de lui parler, de sonder son cœur...

Elle avait eu trop peur de rompre le charme en lui parlant, et depuis, elle gardait de ces instants un souvenir doux-amer.

— Nous aurions pu simplement... nous parler, observa-t-elle.

S'ils avaient simplement reconnu ce qu'ils ressentaient dès le début, leur histoire aurait été bien différente...

Brusquement, Gio lâcha sa main et roula sur elle, avant d'écarter une mèche rebelle de son visage.

— Si je pouvais revenir en arrière, je ne changerais rien, dit-il en l'embrassant doucement, rien du tout...

Tandis que son prince charmant lui prodiguait la plus douce des caresses, elle ferma les yeux, certaine de vivre – enfin – un vrai conte de fées.

Un conte de fées qui, comme les plus belles histoires, ne connaîtrait jamais de fin.

Vous avez aimé ce roman ?
Retrouvez en numérique l'histoire d'Alexandra
dans *Mariage au manoir.*
Et découvrez la suite de votre série new-yorkaise
dès le mois prochain dans votre collection Azur !
Un roman signé Susan Meier.